作家榜®经典名著

读经典名著，认准作家榜

晚春

小津安二郎经典作品集

[日]小津安二郎 [日]野田高梧 著

张丽娟 译

浙江文艺出版社

目录

晚春	001
麦秋	111
茶泡饭之味	261
译后记 遗憾方为人生	390

晚春

> 1949年（昭和二十四年）摄制
> 松竹大船制片厂
> 现存剧本、底片、拷贝
> 12卷，2964米（108分钟），黑白
> 1949年9月19日国际剧场公映

职员表

制片　山本武

原作　广津和郎

编剧　野田高梧　小津安二郎

导演　小津安二郎

摄影　厚田雄春

录音　佐佐木秀孝

美术　滨田辰雄

照明　矶野春雄

音乐　伊藤宣二

林清造　谷崎纯

阿繁　高桥丰子

『多喜川』餐馆老板　清水一郎

出场人物

曾宫周吉　　　　笠智众
纪子　　　　　　原节子
田口真纱　　　　杉村春子
胜义　　　　　　青木放屁
服部昌一　　　　宇佐美淳
北川绫　　　　　月丘梦路
小野寺让　　　　三岛雅夫
菊　　　　　　　坪内美子
美佐子　　　　　桂木洋子
三轮秋子　　　　三宅邦子

1　北镰仓车站

| 暮春正午时分——
天空澄澈明媚,花事落幕,樱树的叶子逐日繁茂,洒下大片浓荫。去往横须贺方向的下行电车[1],驶出了月台,不一会儿便到达了圆觉寺的石阶前。

2　通往圆觉寺正殿的道路

| 道路两侧杉树林立,电车穿行其间。

3　圆觉寺　院内

| 今天是每月定期举行茶会的日子。参加茶会的女客三三两两——

4　禅房中的一间(休息室)

| 茶客们陆续到来。
曾宫纪子(27岁)来到,恰好遇上先行到来的姑妈田口真纱

---

1. 在日本,在连接城郊和城市的铁路上,开往城市方面的电车称为"上行",而相反方向的电车则称为"下行"。在都市间运行的新干线等,原则上,开往东京方面的新干线称作"上行",反之为"下行"。

（49岁），二人并排坐下。

纪子　姑妈，您早就来了？

真纱　没呢，我也刚到——你父亲今天忙什么？

纪子　在家里忙工作，昨天就到期的稿子现在还没完成呢。

真纱　这样啊——（一边轻轻地理着纪子的束腰）哎，你姑父的条纹长裤，被虫蛀了好几个洞，能否改改给胜义穿呢？

纪子　可是姑妈，小义穿条纹裤你不觉得怪怪的？

真纱　凑合着穿吧，把膝盖以下的部分剪掉，怎么样？

纪子　那样改也行吧。

真纱　那试试吧。（说话间拿出包袱）给。

纪子　哟，你都带来了？

真纱　简单弄弄就行啦，反正他也穿不出个好来。（一边将包袱递过来）后裆加厚做成双层的吧。

纪子　好的。

三轮秋子（38岁）到来。她举止有度，温文尔雅——

真纱　（迎着她打着招呼）我早来一步——

秋子寒暄还礼，隔着一个人坐了下来。

真纱　我以为又能跟您碰一块儿呢，便在新桥等了会儿……

秋子　误了一班电车……（秋子文静地回礼）
住持的内弟子[1]走上前来。
"让大家久等了，诸位请吧——"
众人起身向外走去。

5　闲静的寺院内

院子里的杜鹃花沐浴着阳光，黄莺歌声婉转，春光媚暖而祥和。

6　茶室

在安静的氛围中，点茶仪式开始了。秋子为主宾，一席四五人。其余几位，包括真纱、纪子，都恭谨地候在外间，盯着点茶动作。
作为主宾的秋子姿容端庄美丽。

7　寺庙庭院

春光明媚，莺啼声声，不绝于耳。

---

1. 指吃住在师父家的徒弟。

8　镰仓　曾宫家的院子

| 这里也沐浴着明媚的阳光。
　伴随着婉转的莺啼……

9　室内

| 纪子的父亲周吉（东京大学教授，56 岁）鼻梁上架着老花镜正埋头写作，助手服部昌一（35 岁）帮忙誊写。此刻，服部正在查阅外文书的人名辞典。

　　　周吉　还没找着？
　　　服部　（用手指着）啊，找到了，弗里德里希·李斯特[1]，果然没有 Z 啊，LIST……
　　　周吉　对吧？LISZT 的李斯特[2]是音乐家吧？
　　　服部　（边看字典边咕哝）从 1811 年至 1886 年……
| 这时后门的门铃响了起来。

　　　画外音　电灯公司的，查看府上的电表。
　　　周吉　（一边继续写作）哦，请自便吧。

---

1. 指弗里德里希·李斯特（Friedrich List，1789—1846），是古典经济学的怀疑者和批判者，是德国历史学派的先驱者。
2. 指弗兰兹·李斯特（Franz Liszt，1811—1886），匈牙利的钢琴演奏家和作曲家。

画外音　请借给我凳子用用。

周吉　好的（说着就要站起来）。

服部　凳子在哪儿？

周吉　在走廊的尽头吧，楼梯下面，麻烦你了。

服部　没什么……

| 说着他起身走了出去。

　周吉一个人继续写着，服部很快回来——

服部　老师，李斯特几乎是自学成才啊。

周吉　（继续写着）没错，尽管如此，但他作为历史派的经济学家相当了不起，同时他非常讨厌官僚主义。

| 服部也拿起笔来。

画外音　超过 3000 瓦，账单给您搁这儿啦。

服部　辛苦您了，多谢！

| 电灯公司的工作人员走出。大门的铃声响起。

周吉　截至目前，大概写了多少页？

服部　（一页页数着）共十三页。

周吉　这么说，再有六七页就差不多了。

10　房屋大门口

| 纪子归来，进屋。

11　室内

| 纪子走了进来。

纪子　我回来了。咦，服部先生在啊，欢迎。

服部　嗯，打扰了。

纪子　（扫了一眼他手头的工作）哦，誊写吗？真是帮了大忙，非常感谢。

服部　哪里呀……

周吉　你姑妈呢？

纪子　说今天有急事儿，直接回家了。

周吉　沏壶茶吧。

纪子　好的——服部先生，今天不着急走吧？

服部　不行呀，今天得赶回去。

纪子　要不要这么急啊，明天的话，我也一起去东京呢。

周吉　去东京做什么？

纪子　去医院……还想去给爸爸买几条硬领……

| 随后纪子去了其他房间。
周吉与服部，继续写着——

服部　（忽然想起什么）对了，老师，上次咱们打麻将，杠上开花，好像自摸的番数最终没给算上啊。

周吉　有这回事儿？（说着转过身来）那八番变成十六番喽。

服部　所以嘛,第一名还是我呀。

　　周吉　哼——(喊着)来一下,纪子……

换上毛衣的纪子走了过来。

　　周吉　去看看老清在不在家。

　　纪子　您找他什么事儿?

　　周吉　你去看一下嘛,叫他打几圈麻将。

　　纪子　已经写完了?

　　周吉　就剩下一点点。

　　纪子　(笑起来)不行哟。

说完转身去往厨房。

　　周吉　喂!

没人应答。

　　周吉　喂!——回来!

于是纪子探出身来。

　　周吉　(气呼呼地)上茶上茶!

纪子笑着退回房间。服部面露微笑继续抄写,周吉也再次伏案。

12　第二天　镰仓车站月台

| 发往东京的上行电车刚刚离开——车站工作人员在洒水。
　时钟——十点三十八分左右。

13　龟谷隧道附近

| 上行电车飞奔着。
　不久电车驶出隧道——

14　三等车厢内

| 混乱的车厢内，周吉和纪子摇摇晃晃地站着。

　　　周吉　哎，草稿都带了吧？
　　　纪子　带了，放心吧。

15　飞奔的电车

| 流逝的高架线——流逝的沿线风光——经过丘陵地带，穿过横滨区域，然后过了鹤见、川崎——

16 车内

| 周吉坐着,纪子站立。

   周吉 哎,换你坐会儿吧?
   纪子 不,不用的,我没事儿。

17 飞奔的电车

| 电车穿过六乡铁桥,过了品川,抵达滨松町附近。

18 车内

| 纪子也挨着周吉坐下来,捧着一本书在读。

  纪子 (合上书)爸爸,今天回家时间跟往常一样?
  周吉 是啊,如果不开教授会议的话。
| 纪子把书装进购物袋里。

  周吉 当心点儿。
  纪子 知道啦。

19　新桥车站月台

│电车缓缓进站。

20　有乐町附近的高架线（俯瞰）

│电车来来往往。空气中弥漫着市中心特有的忙碌气息——

21　银座大街的人行道

│纪子走来。
　一位中年男士正盯着街边的展示橱窗。他是周吉的朋友小野寺让（京都大学教授，55岁）。

　　　　纪子　（路过时注意到他）叔叔——
　　小野寺　哟，是小纪呀。
　　　　纪子　您什么时候来的？
　　小野寺　昨天早上就来喽。长肉了啊，小纪。
　　　　纪子　嗯呐。
　　小野寺　你要去哪儿？
　　　　纪子　买买东西。
　　小野寺　那一起逛逛吧。
　　　　纪子　叔叔，您没事儿了？

小野寺　嗯，都办完了。

| 于是两个人一起走着。忽然，他们被张贴在路边的海报吸引了目光。

小野寺　我说，春阳会正在举办画展呢，我们要不要去看看？
纪子　可是我还要买缝纫机针……
小野寺　上哪儿买？走吧，走吧。

22　春阳会的宣传海报

23　上野美术馆

| 用一两个镜头刻画一下大门口的圆柱子等。

24　公园里的路灯

| 并且路灯已经亮了起来。

25 "多喜川"饭馆

| 小野寺和纪子坐在靠近吧台的位置。
面前放着筷子、杯具,以及下酒小菜等。

小野寺 累了吧?

纪子 (摇摇头)逛逛还挺不错哎,我好久没来上野了呢。

小野寺 不过,怎么说呢,还真得小心丧心病狂的家伙呢——不也有人用气枪射击落在西乡先生[1]头顶的鸽子吗!那简直就是威廉[2]鸽嘛。

| 纪子嗤嗤地笑着。
店老板端来烫好的酒。

店老板 让二位久等了。(放下酒)昨晚重野先生光临小店了。

小野寺 是吗?重野还没走呢?

店老板 他说什么来着?对了,说要坐今天早晨的快车返回。

小野寺 是吗——哦,这位是曾宫的女儿。

---

1. 指西乡隆盛(Saigō Takamori,1828—1877),日本明治维新时期的著名人物,与大久保利通、木户孝允并称为"维新三杰"。
2. 指威廉·退尔(William Tell,生卒年不详),十四世纪瑞士历史和民间传说中的民族英雄。他因抗命得罪了总督,总督叫人在其儿子头顶置一苹果,命令威廉用箭射之。威廉一箭中的。

店老板　呀,是吗——变得这么漂亮了……是住在西片町那会儿,那个顶着娃娃头的小姑娘?

小野寺　嗯,正是她。

店老板　哦,请多关照……(点头致意)一直以来,小店承蒙教授眷顾。(正寒暄着,见到有客人进店忙去招呼)您好,欢迎光临!

小野寺　小纪,要不要来一杯?

纪子　我不喝酒呢。

小野寺　那你看看要点什么,或者你先吃饭?

纪子　不忙吃,我给您斟酒吧。

小野寺　好呀。(将酒壶递给纪子,扭头转向店老板)弄几样小菜吧。

店老板　好的,马上。

纪子　(添着酒)我说,叔叔——

小野寺　嗯?

纪子　叔叔,有件事儿——

小野寺　什么呀?

纪子　听说您新娶了太太,真的吗?

小野寺　这事啊,娶了哟。

纪子　美佐子多可怜呀。

小野寺　为什么这么说?

纪子　因为……总之别别扭扭的。

小野寺　也不见得呀,我看两人相处得蛮融洽呢。

纪子　或许吧——不过总觉得有点儿厌恶。

小野寺　厌恶谁？我新娶的太太？

纪子　不是，是叔叔您呢。

小野寺　为什么？

纪子　怎么说呢——不干净哟。

小野寺　不干净？

纪子　脏兮兮的。

小野寺　脏兮兮的——（笑起来）太残忍了吧，我怎么就脏兮兮啦……（说着拿起跟前的热毛巾擦了擦脸，探过头来）这下干净了吧？

纪子　不行不行！

小野寺　真的吗？还不行啊？我太难了啊。

纪子　（笑着取过酒壶，倒酒）请吧（递过去）。

小野寺　（接过酒杯）是吗？觉得不干净？

纪子　没错！

小野寺　这可麻烦大了……

26　夜　镰仓　曾宫家

| 周吉一个人在阅读外文杂志。
　响起开门声——
　纪子进来。

纪子　我回来了——来客人喽。

周吉　谁啊？

小野寺进屋。

小野寺　你好啊——

周吉　嗬！

小野寺　本想直接回去的，没想到在银座遇见了小纪。

周吉　你这是去哪儿？

小野寺　还是文部省。

纪子　爸爸，（从购物包里拿出手套）给，礼物——

周吉　哈，你是在哪里找到的？

纪子　（与小野寺相视而笑）肯定不是在家里找到的。

随后她将盒装食品取出，放到桌上。

周吉　哦，"多喜川"啊，原来你们去他家了呀。

小野寺　今天让小纪陪了我大半天呢。

纪子　叔叔，想不想再喝两盅？

小野寺　哦，那好哇。

周吉　家里还有酒？

纪子　有的。

小野寺　烫热点儿。

纪子　知道了。

随后便要离开——

周吉　我说，检查结果怎么样？血沉多少？

纪子　降到十五了。

周吉　是吗？那就放心了。

│纪子走开。

小野寺　完全康复了呢。

周吉　嗯。

小野寺　还是战争期间被征到海军部队，辛劳过度累坏的啊。

周吉　即便偶尔放天假，还得去采购，背几十斤的土豆回来。

小野寺　那时真艰苦啊——所以把身体拖垮啦。

│纪子端着放有筷子、酒杯、盖碗、碟子等的托盘走来。

周吉　（打开盒装食品）京都家里都好吧？太太呢……

小野寺　嗯——总觉得做了件很见不得人的事呢。

周吉　什么？

小野寺　唉，都被小纪批判成肮脏不堪了呢。

周吉　谁啊？

小野寺　我呀，被人家说成脏兮兮的，是不是啊，小纪？

纪子　本来就是嘛。

│纪子微笑着走开，两人朗声大笑。

周吉　小美佐好吗？

小野寺　哦，那孩子呀，也不知道从哪儿听来的，说结婚是人生的坟墓，发誓24岁以前不嫁人呢。

周吉　嘿。

小野寺　被她这么一说，我也觉得颇有道理，没办法只好由她了。——小纪情况怎样？

周吉　唔，也得抓紧给那丫头张罗张罗啦……

这时纪子手持酒壶走来。

周吉　（接过来）不太热啊。

纪子　那我再烫烫……

周吉　余下的烫热点儿——

纪子　好的。（走出去）

小野寺　这里离海近吗？

周吉　步行也就十四五分钟吧。

小野寺　也不太近啊，这边是海？

周吉　不对，是这边。

小野寺　哦——那八幡宫是在这个方向喽？

周吉　不对，在这边呢。

小野寺　东京在哪个方向？

周吉　东京在这边哟。

小野寺　那么这边是东喽？

周吉　又错了，这边才是东呢。

小野寺　呵呵，从前就这样吗？

晚春　025

  周吉 那可不是吗?

  小野寺 难怪赖朝公[1]会在这里创建幕府,当真是天险之地呀。

27 海浪翻涌拍打着海岸

| 这里是七里滨,能望见远处的江之岛。

28 适合兜风的滨海车道

| 纪子和服部迎着微风,轻快地骑着自行车——

  服部 还行吗?累不累?

  纪子 不累,没事儿。

---

[1]. 指源赖朝(Minamoto no Yoritomo,1147—1199),镰仓幕府的创建人,奠定日本武家时代基础。

29　沙丘

│两人的自行车被撂在沙丘上。

30　沙丘附近

│两个人坐在沙滩上。

  纪子　（语气明朗）说说看，你觉得我是怎样的人？
  服部　这个嘛……你不是那种嫉妒心强的人。
  纪子　（微笑）未必，我也会吃醋呢。
  服部　是吗？
  纪子　是啊，我切的咸萝卜，总是连着不断呢。[1]
  服部　那不过是菜刀和砧板间的对应关系。咸萝卜跟吃醋，二者之间，哪有什么有机的关联啊？
  纪子　那你喜欢吃吗，连着的咸萝卜？
  服部　偶尔吃吃也还不错吧，连在一起的咸萝卜呢——
  纪子　是吗？（微笑）

---

1. 在日本，有说法说切的咸萝卜连着不断是在嫉妒吃醋。

31　东京　田口家　餐厅

| 周吉到来。真纱边说话边把印有家徽的和式礼服叠好，并用包装纸包起来。

> 真纱　跟过去比起来，现在的年轻人也太没规矩了——就说昨天晚上的那位新娘子吧，娘家也挺有身份的，端上来的好菜，狼吞虎咽地吃个没完，还喝酒呢。
>
> 周吉　咳。
>
> 真纱　嘴唇涂得那么红，吃生鱼片，"咕咚"一口吞下去，真让人吃惊啊。
>
> 周吉　当然要吃啦，饿了挺长时间呢。
>
> 真纱　可是，我当年出嫁的时候，心里堵得慌，在婚宴上连一个饭团都吃不下呢。
>
> 周吉　要是现在你也会吃的。
>
> 真纱　可能吗——不过，话说回来，果真身临其境也不知会怎样呢……
>
> 周吉　当然要吃的。
>
> 真纱　会吗？
>
> 周吉　当然要吃的。
>
> 真纱　或许吧。不过，还不至于吃生鱼片吧。
>
> 周吉　不，会吃的。
>
> 真纱　你确定？

周吉　当然会吃呢。

真纱　——不过，哭哭啼啼的固然不好办，那么满不在乎大大咧咧地一走了之，父母不是白养了她一场吗……

周吉　唉，时代不同了，也没办法。

真纱　小纪怎么样？

周吉　她也不会哭哭啼啼的呢。

真纱　不是啊，我指的是终身大事。——她身体已经完全康复了吧？

周吉　噢，完全好了……

真纱　说实在的，她这个岁数早该出嫁啦……

周吉　嗯……

真纱　你看那个小伙子怎么样，就那个——

周吉　说谁啊？

真纱　你那个助手……

周吉　噢，服部吗？

真纱　怎么样？你觉得他行不行？

周吉　呃——小伙子还是不错的，但不知道纪子怎么想的……两人之间好像没什么，自自然然，云淡风轻地交往着。

真纱　是吧，如今的年轻人都那样呢。

周吉　倒也是啊。

真纱　这种事情，光看表面当然闹不清楚，谁知道她心里

　　　　　是怎么想的。

周吉　有道理。

真纱　你问问看呗。

周吉　问谁?

真纱　当然问小纪咯。

周吉　问她什么?

真纱　问她对服部的看法呀。

周吉　这样啊……那我就问问吧。

真纱　就是嘛,不问怎么能知道呢。

周吉　嗯。

真纱　大概就那么回事儿吧。

周吉　唔……(沉思)

32　傍晚　镰仓　曾宫家门前

│周吉归来。

33　正门

│周吉进来。

周吉　我回来了——

纪子　您回来了。（看样子正在准备晚饭）今天回来这么早啊。

周吉　嗯。

| 随手把皮包递给纪子。

34　餐厅

| 饭菜已经预备下了。
　　纪子进来。周吉随后进来——

周吉　你姑妈送给咱们一些酱黄瓜，还放在包里呢。

纪子　是吗？（说着从皮包里取出酱菜，顺手拿起桌上的明信片）定于28日举行笔会——（递给周吉）

周吉　（接过来）噢，这次的举办地点在田园俱乐部啊——

纪子　就是这个周六呢。

周吉　知道啦。

纪子　服部先生来过了。

周吉　（看着纪子）什么时候？

纪子　刚过中午——这就开饭吗？

周吉　好。

纪子　我们今天去兜风啦，骑着自行车。

周吉 （很开心）是跟服部吗？

纪子 兜风真痛快呢，我们骑到了七里滨——

| 说完纪子走向厨房。
　周吉看起来心情愉悦，脱掉外衣和西装裤，向厨房那边走去。

35　中廊

| 周吉走过来，迎头碰上纪子端着锅从厨房出来。

周吉 服部说什么了？

纪子 也没说什么呀……

| 说着走进餐厅。
　周吉径直走向走廊尽头的盥洗室。

36　盥洗室

| 周吉洗着手——

周吉 纪子，拿一下毛巾——

| 纪子送来毛巾。

纪子 给。

| 把毛巾递给周吉。

周吉　你们俩是骑一辆自行车去的?

纪子　怎么可能嘛——借了一辆呢,清先生的。

说罢转身去厨房,而后端着木饭桶走进餐厅。

37　餐厅

纪子搁下饭桶,收拾周吉脱下来扔在一边的衣裤。
周吉回来。
纪子帮他换上简易和服。

周吉　肥皂用完了——腰带……

纪子　给。(把腰带递给他)

周吉在饭桌前坐下。

周吉　今天在七里滨,玩得开心吗?

纪子　嗯——(在周吉对面坐下来)我们都骑去茅崎了呢。

周吉　是吗?

纪子盛饭,周吉也盛着酱汤。

纪子　(把饭递给周吉)怎么觉得你心事重重的……

周吉　唔——(开始吃饭,边吃边说)纪子,你觉得服部这个人怎么样?

纪子　什么怎么样?

周吉　服部呀。

纪子　挺好的。

周吉　（默默地吃饭，而后又问）这么说吧，若选他做你的丈夫，你觉得怎样？

纪子　肯定不会错的。

周吉　真的？

纪子　脾气又温和……

周吉　是吗……这就好啊。

纪子　我喜欢哟，他这样的人。

周吉　嗬——你姑妈她呀，还想为你们撮合呢……

纪子　什么？

周吉　想把你嫁给服部。

纪子忍俊不禁差点儿喷出饭来，她撂下碗筷，强忍着笑。

周吉　怎么啦？

纪子　茶……给我茶……

周吉　（一边给纪子倒着茶）这是怎么啦？

纪子　我可听说了，服部先生就要娶太太啦，早就定亲了呢。

周吉　——是吗……

纪子　是一位可爱又漂亮的小姐——关键是，人家还比我小三岁呢……

周吉　这样啊……

纪子　我正要跟爸爸说这事儿呢，我跟那位小姐也很熟悉——

周吉　哦……

纪子　我在考虑送他们什么结婚贺礼……

周吉　是吗……服部都要结婚啦……

纪子　您说，送什么好呢？

周吉　呃，这个……他竟然定亲啦，有对象了……

｜两个人接着吃饭。

38　银座的人行道

｜用一两个镜头刻画风景——

39　咖啡馆

｜面对面坐着，开心交谈的纪子与服部——

纪子　你说，送你什么好？

服部　这个嘛……

纪子　什么东西呢？

服部　既然承蒙老师赏赐，最好是有纪念意义的东西。

纪子　再贵也不能超过两三千日元哦。

服部　什么才好呢?

纪子　有吗?有那么合适的东西?

服部　有啊,我在想呢。

纪子　(嫣然一笑)你们俩都想想吧。

服部　好吧。

纪子　先这样……

服部　喂,纪子,你去不去听岸本真理的小提琴演奏?

纪子　什么时候?

服部　就今天,我刚好有票呢。

纪子　行啊。

| 服部拿出两张票,给纪子看。

纪子　(微笑着)这是专为我买的吗?

服部　那是自然。

纪子　你确定?

服部　(微笑)确定呢。

纪子　是吗——不过我还是别去了,会惹人家生气的。
　　　(把票还给服部)

服部　没关系的,去吧。

纪子　不去。

服部　她不会生气的。

纪子　不过还是要避嫌的。

服部　(微笑)你切的咸萝卜都还连着不断呢。

纪子 （朗声笑着）是啊，因为菜刀钝了。

40　剧场走廊

演奏进行中，场内鸦雀无声，只有女服务员站在门前。
场内传出小提琴独奏声——

41　场内

服部在倾听小提琴独奏。
旁边的座位空空如也。

42　黄昏时分的丸之内[1]人行道

（空中回荡着小提琴的独奏声——）纪子独自走着，神情有些落寞……

---

1. 位于日本东京都千代田区皇居外苑与东京车站之间的地区，是有名的商业街。

43 夜晚 镰仓 曾宫家 起居间

│周吉一个人在读晚报。
　大门开了。

女子的声音　晚上好——
　　　周吉　谁呀？
女子的声音　是叔叔吗？
　　　周吉　是小绫啊。
女子的声音　是我。
│周吉起身出去——

44 玄关

│纪子的同学北川绫（27岁）来访。

　　　周吉　啊，快进来吧。
　　　　绫　好的——纪子不在家？
　　　周吉　马上回来。你先上来。
　　　　绫　好的。

45 起居间

| 周吉走来,铺上坐垫。绫进屋。

綾　晚上好——
周吉　哎,这边坐吧。
綾　我去叶山的姐姐家,然后顺便过来的……
周吉　哦,是吗——小绫,听说你近来发展得很好啊。
綾　您指什么?
周吉　纪子说你非常忙,不是吗?
綾　也没那么夸张吧。
周吉　听说特别受欢迎呢,是这样吧?打字员——
綾　不叫打字员哦,是速记员。
周吉　噢,明白了,不好意思——那么,你也做英文速记吗?
綾　做呀。
周吉　真了不起。
綾　并没有多了不起呢……
周吉　呀,蛮厉害的——不用为零花钱发愁了。
綾　马马虎虎吧。
周吉　打那以后,那件事情,你爸爸妈妈再没说什么吗?
綾　什么事儿?

周吉　出嫁的事情——

绫　嗯,暂不考虑——一个人逍遥自在。

周吉　(微笑着说)吃过一次亏就怕了?

绫　什么?结婚?

周吉　是啊。

绫　倒也不是……

周吉　他叫什么来着?

绫　谁呀?

周吉　就你之前那个——

绫　哦,你说健?

周吉　就他,健吉君吧——分手后,你们再没见过面?

绫　嗯,一次也没见。

周吉　万一遇见了,小绫,你会怎么办?

绫　我会狠狠地瞪他呢。

周吉　有那么讨厌他?

绫　然后就跑掉。非常讨厌他。

周吉　这样啊。

| 大门开了。

纪子　我回来啦——

绫　你可回来了!

| 绫很高兴,想站起来,但是腿麻了,站不起来。

周吉　你怎么了？

绫　　腿麻了……

| 纪子走进来。

纪子　（开心地）哇哦，阿绫，你来啦——（看向周吉）我回来了。

周吉　回来了。

绫　　我跟叔叔谈心呢。

纪子　今晚不走了吧？

绫　　嗯。

纪子　咱们去楼上？

周吉　你吃饭了吗？

纪子　不吃了。爸爸您吃过了吧？

周吉　嗯，我吃过了。

纪子　那我们上去……

| 她打个招呼离开。

46　楼梯

| 二人上楼。

47 二楼

| 两人来到楼上。

绫　　纪子,前几天同学聚会,你怎么没参加啊?

纪子　去的人多吗?

绫　　大约十四五个——"茶花女"都参加了。

纪子　哦,村濑老师也出席了吗?说起话来还那么滔滔不绝、唾沫横飞吗?

绫　　嗯,唾沫星子溅得到处是,都落到红茶里去啦,所以啊,他身边的人谁都不喝茶呢。我离得远,倒是喝了——

纪子　那谁参加了吗?就那个人——

绫　　谁呀?

纪子　刚毕业马上嫁人的那个——

绫　　想起来了,是池上吧?去了呢——她那个人,净耍小聪明呢。"茶花女"问她有几个孩子,她满不在乎地说有三个。其实是四个哦,她还瞒了一个呢。

纪子　已经四个孩子了?

绫　　嗯,千真万确。对啦,还有绰号叫"明太鱼"的那位——

纪子　啊,是筱田吗?

绫　嗯，她辞掉了广播电视台的工作，说要嫁人。

纪子　嫁去哪儿？

绫　三河岛[1]第一班——

纪子　真的吗？

绫　你是不是觉得不可思议？

| 两人笑得正开心的时候，隔扇拉开，周吉端着面包和红茶进来。

纪子　噢，谢谢爸爸……

周吉　面包加红茶。

绫　叔叔，麻烦您了。

周吉　没什么——还需要什么不？

纪子　呀，还缺白糖……

周吉　哦，可不是吗？（正要回去取）

纪子　爸爸，您歇着吧，我去拿好啦。

周吉　好吧，那爸爸就先睡了。小绫，晚安。

绫　您老晚安。

纪子　晚安……

周吉　晚安。

| 周吉走了出去。

纪子　吃面包吗？

---

1. 日本地名，位于东京都荒川区。

绫　过会儿再吃——喂，是不是还缺茶匙呀？

纪子　可不是吗？那谁去了吗，渡边？……

绫　噢，"小黑"没去。听说她现在大着肚子呢。七个月……

纪子　嚆，她什么时候结婚的？

绫　还没结婚呢。

纪子　哟，这可不好。

绫　不好也没办法呀，万般皆是命，天意难违啊……也只剩下你和广川还没嫁人咯。

纪子　（满不在乎地）是吗？

绫　你什么时候嫁人啊？

纪子　我才不嫁呢。

绫　赶紧嫁掉吧。

纪子　不嫁。

绫　嫁了吧，嫁了吧。

纪子　瞎说什么呀，你没有资格说这种话呢。

绫　有的有的。相当有呢。

纪子　没有没有！你这个下堂妻！

绫　有有！不才丢一分吗！下一次啊，我肯定会来个安全打。

纪子　你还妄想下次打出好球？

绫　当然喽。第一次属于选球失败，下次我定会打出一记好球，等着瞧吧。你也赶紧嫁掉！

纪子 ……（表情惊讶，然后大笑）

绫 有这么可笑吗！我可是很正经的。

纪子 我说，不吃点儿面包？

绫 面包，过会儿吧。

纪子 我肚子饿了……

绫 饿了活该！

纪子 好吧，那我自己吃。（说着起身）

绫 （慌慌张张地）说实在的，我也要吃。

纪子 我去弄来。（说着走开）

绫 有没有果酱？

纪子 有。

绫 一起拿来，一点点就行。

纪子 家里有很多呢，真的。

绫 这样啊。

| 纪子走出去。

48 楼下的房间

| 楼下黑乎乎的。纪子下来打开电灯，蹑手蹑脚地走向厨房。房间空荡荡的，时钟敲了十二响。

49 东京 火灾后的废墟中的一块空地

孩子们正在玩三角棒球[1]。

50 田口家 孩子的房间

真纱的儿子胜义（昵称小义，12岁）看上去不怎么开心，正在往棒球手套上涂油。
纪子跟他打招呼。

  纪子 小义……

  胜义 ……（不理睬）

  纪子 小义，为什么不打棒球啊？跟人吵架了？

  胜义 ……（依然绷着脸不作声）

  纪子 生什么气呢？

  胜义 涂的漆还没有干嘛。

  纪子 什么东西的漆？

  胜义 球棒啊。

纪子看过去，涂过漆的球棒竖在书桌上，等着晾干。

  纪子 啊，你把球棒涂成红色的啦。

  胜义 （粗暴地）我乐意！

  纪子 哎呀呀，走廊上弄得到处是漆，你妈妈看见又要骂

---

1. 孩子们玩棒球，人手不足的时候只放三个垒，故称三角棒球。

　　　　你啦!

胜义　已经骂过啦!

纪子　你哭过了吧?

胜义　我才没哭呢!走开,别黏着我!

纪子　什么呀,小义!明明刚哭过!

胜义　(冷不防地,胜义把擦了油的手套伸过来)粘你身上啦,快走开,真烦人!

| 纪子一惊,闪开身子。这时隔扇拉开了,真纱出来。

真纱　小纪——

纪子　(回头)客人已经走了?

真纱　正要走呢。你来一下。

51　玄关

| 三轮秋子站在门厅里。
　真纱和纪子走过来。

真纱　这是曾宫的女儿纪子。这位是三轮阿姨——

纪子　……(文静地鞠躬行礼)

秋子　我叫三轮,多次在北镰仓……

纪子　是……(点头致意)

秋子　(又朝向真纱)给您添了不少麻烦——

  真纱 哪儿的话,您太客气了。
  秋子 (面向纪子)那么,改日见。
  纪子 好的……
  秋子 打扰您了。
  真纱 请慢走。

| 秋子归去。

  真纱 小纪,你来一下。

| 说着带头往里屋走去——

52 起居间

| 真纱和纪子进来。

  真纱 别站着了,坐吧。
  纪子 (落座)什么事儿,姑妈?
  真纱 呃,话说你也到了出嫁的年龄……
  纪子 哦,就为这事儿?暂不考虑,姑妈。

| 说着就要站起来。

  真纱 这怎么能行,你坐好了。
  纪子 ——?(再次坐下来)
  真纱 说实话,有个很不错的小伙子,跟人家见个面怎么样?

纪子　……

真纱　小伙子姓佐竹,东京大学理科毕业,出身伊予松山的世家,在丸之内的日东化成公司任职。他父亲战前也在这家公司,担任董事。他今年34岁,跟你正合适,而且公司同事们对他的评价也相当高。怎么样?

纪子　……

真纱　对啦,叫什么来着,美国那个……

纪子　——?

真纱　前些日子上映的棒球电影,那位男演员……

纪子　贾利·库珀?

真纱　对,对,是库珀,跟他长得很像,嘴形简直一模一样。

纪子　……(笑起来)

真纱　(用手遮住自己的额头)这儿往上就不像啦……

| 纪子嗤嗤地笑着。

真纱　怎么样,见一面吧?当真是一表人才呢。

纪子　……

真纱　我说,你倒是表个态呀。

纪子　可是我还不想嫁人呢。

真纱　还不想嫁人?因为什么?

纪子　为什么呢……我一旦出嫁麻烦就大了。

真纱　你说谁啊？

纪子　我爸爸呀。别看他这样，脾气上来也真难伺候呢，我都已经习惯了，倒还不觉得。如果我出嫁走人，爸爸的日子肯定很难过。

| 说完她站起来去到走廊上。

真纱　难过也得过呀。

纪子　（坐在走廊的椅子上）爸爸的情况，我最清楚的。

真纱　可是，爸爸总要面对爸爸的生活，可你怎么办呢？

纪子　我不想看到爸爸那样。

真纱　照这么说，你这辈子都不能嫁人啦。

纪子　那就不嫁呗。

| 话题就此中断。

真纱　——喂，小纪，你看刚才那位三轮阿姨怎么样……

纪子　——？

真纱　介绍给你爸爸如何？

纪子　什么意思？

真纱　若你出嫁了，你爸爸日子又不好过……

纪子　（定定地看着真纱）——？

真纱　（接着说）反正总得找一个，你看刚才那位怎么样——你过来呀，还坐这儿嘛。

| 纪子起身走过来。

真纱　那个人吧，曾经也是体面人家的太太，可丈夫去世了，又没有孩子，怪可怜的。喂，你觉得怎么样？——本本分分的一个人，趣味也高雅……

纪子　（认真的表情）这事儿我爸爸知道吗？

真纱　就前几天，我跟他提了提……

纪子　爸爸怎么说？

真纱　他一边"嗯嗯"地应着，一边擦着烟斗，倒也没表现出不愿意的样子。

纪子　（突然悻悻然地）如果是这样，那就不必问我了。

真纱　不过，还是想听听你的意见，说说看？

纪子　（冷冷地）我没意见，只要爸爸高兴。

53　镰仓　下午　铁轨近旁的道路

| 纪子走在归家的路上，表情木然，心事重重。
　近旁铁轨上，上行电车轰然驶过。

54　曾宫家大门前

| 纪子归来，开门进屋。

55 家中

| 周吉洗完澡,在走廊上剪指甲。
　纪子一声不响地走进房间。

　　　周吉　啊,回来啦,姑妈那边怎么样?
　　　纪子　(冷冷地)没什么……
　　　周吉　洗澡水烧好了,你现在洗正好。
| 纪子没吭声,径直走进起居间。
　周吉察觉到纪子的异样,起身跟过去。

56 起居间

| 纪子偎在火盆前想着心事。

　　　周吉　喂……
　　　纪子　(回过头,声音淡淡地)什么?
　　　周吉　姑妈叫你去,有什么事情?
　　　纪子　……
　　　周吉　什么情况?
　　　纪子　……
　　　周吉　到底怎么了呢?
| 纪子始终不吭声,蓦地站起来向外走。

周吉　你去哪儿？喂！
　　纪子　（冷冷地）买东西……
｜说完走出去。
　周吉目送她离去，满面疑云。

57　曾宫家门前

｜纪子挎着购物篮出来。
　她心事重重，有气无力地走着。

58　明媚的清晨　镰仓　竹丛前的田地

｜隔壁家的一家之主林清造（47岁）在田间干活。
　——莺声婉转——

59　曾宫的家

｜清造的老婆阿繁（44岁）正在廊边缝缀抹布。
　大门开了。

男子的画外音　打扰了……有人在家吗……
｜阿繁起身走过去。

60　玄关

|阿繁迎出去，看到服部立在那里。

> **阿繁**　哎呀，家里没人吧，今天一大清早就都外出了。
> **服部**　哦，真不巧啊。
> **阿繁**　说是去看能乐[1]，父女俩都出门啦。
> **服部**　啊，是吗，那等他们回来时，请代为转交——

|说着，服部从包裹中拿出结婚贺礼的回礼，并放上一张照片，递给阿繁。

> **阿繁**　啊，好的，回头一定交给他们。
> **服部**　还请转告他们我来答谢的事情。
> **阿繁**　好的，让您白跑了一趟。
> **服部**　没什么，再见——
> **阿繁**　对不住啦。

|服部转身走了。
阿繁拿着东西返回屋里。

---

1. 能乐是日本最具代表性的传统艺术形式之一，是古代日本本土艺能与外来艺能之集大成。在江户时代（1603—1868）之前，这种艺能一直被称为"猿乐"或者"猿乐之能"。而且，以日本南北朝（1336—1392）为界，前期猿乐与后期猿乐面貌迥异，故现今日本学术界将前者称作"古猿乐"，将后者称作"能乐"。许多文化样式都对能乐的形成、发展和定型起到过作用，其中也包括中国的古代文化。能乐的演员都是男的。

61　日式客间

阿繁进来，把东西放在桌上，忽然想起什么，拿出内附的照片看起来。
那是服部的结婚照。
这时，清造来到院内。

　　清造　我去劈点木柴吧。
　　阿繁　嗯——哎，你先过来，看看这个。

出示照片。
清造把身子探到廊子边上瞧看。

　　清造　哟，这不是服部吗？
　　阿繁　嗯，我还以为他会成为纪子的丈夫呢。
　　清造　我也这么想的。
　　阿繁　照得真不错啊，很般配的两个人。新娘是别家的小姐咯？
　　清造　嗯。

两人仔细地端详着。

62　能乐剧院

周吉和纪子在观看能乐——敲击大鼓小鼓发出的响声在剧院回荡……

周吉翻看着谣书[1],忽而朝对面望去,不知冲谁点头致礼。

纪子注意到,便朝那个方向望去——

于是,她看到了对面座席上的三轮秋子。

纪子也点点头。

秋子也默默地端庄还礼。

周吉依然将注意力集中在谣书和舞台上,可对纪子来说,由于心中记挂着父亲和秋子之间的微妙关系,她不停地向秋子的方向窥视。

端庄美丽的秋子心无旁骛地盯着舞台。

父亲也不再看向秋子,秋子也不再看向父亲这边,可唯有纪子总显得心神不宁。

纪子越发不痛快了。

舞台上开始伴唱,能乐表演继续。

63 归途(因罹受战灾变得静寂的住宅区)

| 周吉和纪子走来。

纪子心中依旧存留着刚才的不痛快。

> 周吉 (轻松地)——今天的能乐表演挺精彩啊……
>
> 纪子 ……

---

1. 刊印谣曲的书。谣曲,是日本最早的表演戏曲剧本,具有高度的语言艺术成就,其中有对白也有唱词,有一定的韵律。唱词大多引用了日本的和歌或汉诗。是日本古典文学中的瑰宝。谣曲的基本结构分为序、破、急。

周吉　咱们去"多喜川"吃饭，然后再回家吧？

纪子　……

周吉　行不行啊？

纪子　（冷淡而干脆地）我得顺便去办点事儿。

周吉　（爽快地）到哪儿去？

纪子　（不耐烦）您别管啦。

周吉　（这才注意到纪子心情不佳）会晚回来吗？

纪子　（冷冷地）不知道。

丢下这句话，纪子一路小跑，她斜穿过马路去了对面。目送她离去，周吉神色凝重。

64　路对面

纪子走在马路上，依然心事重重。

65　路这边

一边遥望着对面纪子的身影，周吉也嗒嗒地走着。

66　西式建筑的一角

| 夕阳洒下余晖——

67　北川公馆的客厅

| 纪子透过窗户眺望着庭院，木然伫立，形单影只。
庭院的草坪上，一只幼犬欢蹦乱跳，独自嬉戏。
不一会儿，纪子无精打采地重新坐回椅子上。
绫兴致勃勃地走进来。

　　　　绫　抱歉，让你久等了。

　　　纪子　没关系呀……

　　　　绫　有点儿忙。我在做裱花蛋糕呢，香草放得有点儿多，不过还挺好吃哦（说着解下围裙）——咱们去那边的房间吧？

　　　纪子　（不置可否）唔……

　　　　绫　哎，走吧！（拉着纪子的手把她拽起来）你的手可真凉呀。

| 绫先走出屋子。

　　　　绫　富美！（她喊着女佣的名字，在门口对女佣说）你把刚才的蛋糕，端到那屋去。

| 说完她把围裙扔给女佣，拥着纪子的后背离开。

威斯敏斯特钟声[1]悠扬地报时……

68　小巧精致的西式房间

桌子上放着沏好的红茶、裱花蛋糕。
纪子和绫坐在窗边的椅子上。

　　绫　你为什么会有那种担心？

　　纪子　（沉吟中）……

　　绫　说话呀，为什么？

　　纪子　（表情怏怏的）可是，我也不知道怎么回事儿……

看到纪子这般样子，绫站起来，把桌上的蛋糕端了过来。

　　绫　不吃吗？

　　纪子　哎，那个很难学吗？

　　绫　什么？

　　纪子　我想当速记员。

　　绫　也没有多么难，毕竟连我都能学会——喏，不尝尝？好吃着呢（说着把蛋糕递给纪子）——话说回来，你现在想起学这个，有什么打算？——说

---

1. 威斯敏斯特英语为 Westminster，其本义是西部大教堂的意思。威斯敏斯特钟声，又名西敏寺钟声，是指英国伦敦威斯敏斯特官大本钟报时用的乐曲，作为威斯敏斯特大教堂的钟声而闻名遐迩。

呀，你怎么打算的？

纪子　所以，我就这么一说，想到哪儿说哪儿……

绫　没想清楚勉强去做也做不来的！（一边吃着蛋糕）要不是因为遇见健那个缺德鬼，我也不会干这一行的。离过婚的女人，不好意思总登娘家门，这才开始做这个。你嘛，痛痛快快地嫁人不就得了！

纪子　我不想听这种话！

绫　不想听我也得说道说道！

纪子　可我不想领教你那些话。

绫　别矫情了，不就是嫁人吗！

纪子刚接过的那盘蛋糕，还没开吃，闻听此言她气呼呼地啪的一声撂下盘子。

绫　真不吃吗？

纪子　没胃口！

绫　尝尝吧！

纪子　吃不下去呢！

绫　味道好极了！

纪子　不吃！

绫　干吗呀，就吃一点儿嘛！这可是我亲手做的呀，赏个脸吧！

纪子　真讨厌啊！

绫　吃吃看嘛！就算勉强我也要给你吃哦！

　　纪子　讨厌死了！

　　　绫　干什么这么歇斯底里！不愿吃就算啦！

　　纪子　（如鲠在喉，不知如何开口）……

　　　绫　所以你呀，痛快地嫁人吧。

| 纪子默默地起身，取过手提包。

　　　绫　你要去哪里？

　　纪子　回家。

　　　绫　回家？真回家吗？

　　纪子　……（走出去）

　　　绫　你不是说要住下吗？住一晚吧。

| 绫喊着追出去。剩下的裱花蛋糕——

69　夜晚　镰仓　曾宫家　起居间

| 周吉趴在矮脚餐桌上查资料。

70　玄关

| 纪子无精打采地归来。

71 起居间

——纪子进来。

  周吉 （继续查着资料）你回来啦！
  纪子 （冷冷地）回来了……
  周吉 到哪儿去了？
  纪子 阿绫家。

回答完纪子就想直接去另外的房间。

  周吉 喂——你姑妈来信了。
  纪子 ——？
  周吉 说是周六让你去她家，就是后天……

纪子一言不发转身走开。
目送着纪子离开，周吉接着查资料。
纪子出来。

  周吉 （继续查资料）大概情况，上次你去的时候姑妈已经介绍了吧？
  纪子 ……
  周吉 见见面吧，听姑妈说那个人也去。（说着把桌上的快件推到一边）
  纪子 那件事儿，不能回绝吗？
  周吉 那么，你就去看一眼，不喜欢再拒绝，这样不更好吗？

纪子没有回答,再次默默地走开。

周吉　纪子——

纪子　——?

周吉　过来坐会儿,我有话说。

纪子绷着脸回来,坐下。

周吉　你应该也从姑妈那里听说过了,那个男的,他叫佐竹。——我也见过了,小伙子一表人才,人品出众。我觉得他这样的,你应该会满意。不管怎样,后天去见个面吧。

纪子　……

周吉　你也不能总这样下去,迟早得出嫁,也是时候了……

纪子　……

周吉　行吧?你姑妈也很是记挂你。在听吗——?

纪子　可是,我……

周吉　嗯?

纪子　我希望就这样一直跟爸爸在一起的……

周吉　那怎么行!

纪子　……

周吉　巴不得有你在我身边,有事情就使唤你,爸爸倒是省心很多,可是你……

晚春　071

纪子　所以我就想这样……

周吉　不行，那怎么成。一直以来，爸爸只图自己方便，过分地依赖你，以至于不舍得放你走……想想真是对不住你。

纪子　……

周吉　你若再不出嫁，爸爸可就为难咯。

纪子　可是，如果我不在家，爸爸你怎么办呢？

周吉　爸爸怎么都行。

纪子　怎么都行？

周吉　怎么都能对付的。

纪子　这样我更不能一走了之。

周吉　为什么？

纪子　爸爸您一向粗心，我若不在家，衬衫啦，硬领啦，脏了也不知道换，而且早晨一准儿胡子都不刮就出门。

周吉　（苦笑着）胡子总要刮的。

纪子　可是，我要不替您收拾，桌子上总是摊得乱七八糟的；还有，记得曾有一次，您自己煮饭，结果煮糊了，我若不在家，您只能天天吃这样的糊饭呢。您即将面临的种种困难，我现在都能看到。

周吉　唔……不过，若是能想个办法让你不再为这些杂事操心呢？假如有谁可以照料爸爸的生活呢……

纪子　谁呀?

周吉　打个比方嘛……

纪子　那么，爸爸您会像小野寺叔叔那样……

周吉　(含糊其词地)唔……

纪子　您要娶太太吗?

周吉　唔……

纪子　(语气越来越尖锐)当真要娶吗?太太!

周吉　嗯。

纪子　是今天见到的那位?

周吉　嗯。

纪子　您已经决定了?

周吉　嗯。

纪子　真的吗?……真的吗?

周吉　嗯。

纪子　……(再也忍不住了)

| 于是她猛地站起来，逃跑似的冲了出去。

72　楼梯

| 纪子飞一般地冲上楼去。

73　二楼

纪子一口气跑到楼上,上来后放缓了脚步,一屁股坐到椅子上,一动不动,陷入了沉思。很快,传来了周吉爬楼梯的声响。

　　纪子　(觉察到父亲上来)不要过来,爸爸!

站在门槛边,周吉久久地注视着她……

　　纪子　下去吧!……您快下去吧!

周吉安静地走到纪子身边。

　　周吉　无论如何,后天你得去一趟。

　　纪子　……

　　周吉　大家都在为你的事儿操心呢……

　　纪子　……

　　周吉　好吗?你会去吧?——爸爸求你啦……

　　纪子　……

周吉静静地走出去,忽而抬头,透过楼梯上的窗户,眺望着夜空——

　　周吉　啊,明天又是个好天气呢……

他喃喃自语着走下楼去。
听着爸爸下楼的脚步声,纪子心中一阵难过,猛地用双手捂住脸,低声抽噎起来。

镰仓　八幡神宫院内

在前殿附近，周吉和真纱信步走着。

真纱　小纪是怎么说的？

周吉　她倒没说什么呀。

真纱　什么都没说啊，相亲都过了一个星期啦……（说着停下脚步）总得给人家回个话吧。

周吉　嗯……话虽如此，就怕追问得太急，她闹起别扭来也不好办。

真纱　男方对小纪相当满意，很热情呢。他的条件，小纪应该也没什么可挑剔的……

周吉　嗯……

二人无意间看过去，只见马路对面，摄影师正在给似乎是从外地来此观光的青年男女拍照。
他们边看边走。

真纱　小纪今天怎么又去东京了？我说哥哥，你未免太沉得住气了……

周吉　……

真纱　无论如何今天也得要个回话……小纪大约几点回来？

周吉　这个……

这时，真纱突然小步快走横穿过去，拾起什么东西。

真纱　哥哥,我捡了个钱包……

然后反身回来,打开钱包看。

　　真纱　今天鸿运当头呢,这婚事一准儿成。(说着把钱包揣进怀里)
　　周吉　喂,你不交上去吗?
　　真纱　交还是要交啦,话说这兆头太好了呀。(说着拍拍胸口)咱们走吧!

说着话,真纱突然率先迈开碎步,拾级而上。
周吉跟在后面慢悠悠地拾级而上。真纱走到中途回头向周吉招手,恰好看见一名警察路过那里,便又急急忙忙地爬着台阶。

75　东京　北川公馆　西式房间

纪子到来,在同绫交谈。

　　绫　喵,对方长什么样儿?
　　纪子　……
　　绫　属于哪种类型的?
　　纪子　……
　　绫　肥胖丰满型?
　　纪子　不是。
　　绫　那是瘦骨嶙峋型?
　　纪子　不是。

绫　那到底长什么样儿呢？

纪子　据说学生时代曾是篮球选手……

绫　嗬——帅哥？

纪子　……（笑起来）

绫　长什么样儿呀？

纪子　我姑妈说他长得有点儿像贾利·库珀……

绫　啊，这也太帅了！

纪子　可是，我觉得他更像常到我家的那个电工。

绫　那个电工长得像库珀？

纪子　嗯，非常像。

绫　那他不还是像库珀吗！真是！

说着，绫狠狠地戳了一下纪子的肩，走到一旁的桌边，边倒红茶边说话——

绫　——话说回来，你能迈出这一步值得表扬啊。能去相亲，做得漂亮。——这不是蛮好的吗——也别顾虑那么多了，嫁了吧。

绫边说边把红茶端过来——

绫　这年头儿，那么优秀的人可不容易找呢。没得挑哟。

纪子　——可是，烦着呢……

绫　烦什么？

纪子　相亲呗……

绫　别不知足啦。就你，要是不相亲，还能嫁得出去吗！

纪子　可是……

绫　别可是啦！就凭你，若遇见喜欢的人，你自己有勇气表白求婚吗？你哪里有这个勇气！你只会红着脸儿，扭扭捏捏的，对不对？

纪子　那倒也是……

绫　你这样的，相亲最适合不过！——我倒是有勇气告白，可你看看，结果就这么糟心！

纪子　……

绫　基本上吧，男人是靠不住的。他们狡猾得很呢，结婚前惯会说甜言蜜语，处处展示优点，可是一旦结婚，那些令人生厌的缺点便都暴露出来了。所谓的恋爱结婚，根本就不靠谱啊。

纪子　真是这样吗……

绫　可不？都这德行。嫁个人试试呗，过不好就离婚。

纪子　……（大笑）

绫　淡定，淡定淡定。总之要嫁过去试试。你只需对他展颜一笑，对方定会被你的笑容魅惑，于是就被你调教得服服帖帖啦。

纪子　怎么会啊。

绫　真的，就这么回事儿。难不成你以为我在开玩笑吗？

纪子　或许是吧……（莞尔一笑）

绫　　就这样！只要保持如花笑靥你就战无不胜！

纪子　去你的——

绫　　试试看吧，一定会成功的。

76　夜晚　镰仓　曾宫家　起居间

| 周吉和真纱——

真纱　小纪回来得真晚呀……

周吉　嗯……

真纱　我改日再来吧。

周吉　再稍微等会儿吧。她会坐这班电车回来的。

真纱　是吗……

周吉　她要是同意就万事大吉喽。

真纱　放心吧，小纪会中意的。

周吉　但愿如此吧。

真纱　她害臊哩，跟现在的女孩相比，她属于传统的旧式女子。

周吉　是吗？也对。

真纱　不过，小纪会不会在细枝末节的小事儿上钻牛角尖呢？

周吉　哪方面？

真纱　佐竹先生的名字呗。

周吉　他叫佐竹熊太郎吧？

真纱　嗯，熊太郎……

周吉　叫熊太郎不挺好吗？一听就是强壮无比……这么看来你才古板呢，她不会介意这种小事儿的。

真纱　可是，说起熊太郎，人们就会觉得这里（指着胸脯周围）毛茸茸的。年轻人对这种事还是很在乎呢。而且是小纪嫁给他吧？所以，我怎么称呼他好呢？叫他熊太郎吧，简直像喊山贼似的；叫他阿熊吧，又像是喊蔬菜店的伙计。难道只能叫他小熊吗？

周吉　哦。可是我们总得想出个称呼来吧。

真纱　可不就是吗，所以我想管他叫小酷……

周吉　小酷？

真纱　嗯，怎么样？

｜这时大门开了。

真纱　（突然紧张地压低嗓门）哎，她回来了！

纪子　我回来了……

真纱　她来啦！（真纱悄声说着并端正了坐姿）

｜纪子走进来。

纪子　（淡淡地）我回来了。

周吉　回来啦。

真纱　你回来啦。

纪子沉默，径直去了二楼。

　　　真纱　（盯着纪子离开，忐忑不安）不知怎么样？
　　　周吉　这个嘛……
　　　真纱　我去问问吧。（站起身来）
　　　周吉　喂。
　　　真纱　怎么了？
　　　周吉　委婉点儿，别太直接了。
　　　真纱　（心领神会）放心吧。

77　楼梯

真纱紧张不安地爬楼梯。

78　二楼

纪子正在脱外衣。
　真纱进来。

　　　真纱　小纪，回来了……
　　　纪子　嗯。
　　　真纱　我想问问，那件事儿怎么答复人家——

没等真纱说完，纪子就拿起脱下的外衣走向一边——真纱亦步亦趋。

  真纱 怎么样？……你考虑好了没有？

纪子不答，走到椅子跟前坐下，脱袜子。
真纱继续跟着她，也坐了下来。

  真纱 我真觉得他跟你挺般配的……喂，你表个态呀。

真纱担心地留意着纪子的表情。
纪子依然不作声，拿着脱下来的袜子，又起身走开。
真纱也站起来亦步亦趋地跟着。

  真纱 哎，怎么样？行不行啊？——你说呀，回个话？
  纪子 （勉勉强强地）行吧……
  真纱 （眼睛一亮）同意了？
  纪子 嗯……
  真纱 （顿时高兴起来）是吗？真的吗？同意了？
  纪子 （点头）……
  真纱 谢谢！我这就给那头回话去！行吧？啊，太好啦，太好啦，我总算松了口气。

说完急匆匆地走出屋子。

79 楼梯

真纱步履匆匆地下楼。

80　起居间

| 真纱进来。

  周吉　（迎着她）怎么样……？
  真纱　她同意了！如我所料。
  周吉　是吗，那太好啦！
  真纱　幸亏等了会儿。（边说边收拾东西准备回去）哥哥，那我就告辞了。啊，太好了，太好了。

| 真纱向门厅走去。周吉也跟过去。

  真纱　我得抓紧给对方回话呢。
  周吉　好，辛苦你啦。

81　玄关

| 真纱在穿大衣……

  真纱　还赶得上吧，九点三十五分的？
  周吉　嗯，你走快点儿。
  真纱　好……这样我就把心放回肚子里，从今晚开始就能睡安稳觉了。反正过几天我还会来，婚礼日期等事情再商定吧。哥哥方便时也上我家去呀。
  周吉　好，我会去的。

说话工夫二人到了门厅。

  真纱 捡那个小钱包果然带来好运气。

  周吉 那个，记得要上交啊。

  真纱 放心吧，我会交的。那我走了，门就不关了，再见。

  周吉 哦，谢谢，路上小心。

  真纱 嗯。

真纱匆匆离去。
周吉走进门厅，把门锁上。

82　起居间

周吉心情轻松地返回，一看，纪子也在这里。

  周吉 你姑妈刚走。

  纪子 （淡淡地）哦……

  周吉 她非常开心呢。

  纪子 ……（在火盆前坐下）

  周吉 那咱就这么回复人家啦，没问题吧……

  纪子 嗯……（有点儿打不起精神）

  周吉 话说，你不是一时冲动做的决定吧？

  纪子 （冷冷地）嗯……

  周吉 并非心甘情愿？

纪子　（看上去气呼呼的）不是啊。

周吉　是吗，这就好……

纪子猛然起身走了出去。

盯着她的背影，周吉陷入沉思。

83　暮春时分的京都

拂晓时分，东山之塔——

84 旅馆的盥洗室

刚刚抵达旅馆的周吉正在刷牙,纪子在洗手。

  周吉 昨晚在火车上,你睡得还好吗?
  纪子 还行……
  周吉 爸爸睡得也很安稳。一觉醒来,已经到达濑田铁桥了。
  纪子 我也是啊,从名古屋一直睡到米原。

85 二楼房间

房间里放着两个人的提包等物件。
小野寺在候着他们。周吉和纪子回来。

  周吉 呀,让你久等啦……洗洗爽快多了。
  小野寺 累了吧,小纪?
  纪子 不累,没啥感觉……(走到梳妆台前)
  小野寺 是吗……(转向周吉)不过,你们能来我特别开心……
  周吉 呃,纪子很快就要嫁人了……
  小野寺 哦?
  周吉 因此出门旅行,作为单身生活的告别之旅。
  小野寺 是吗?真是可喜可贺。太好了——(回头看向纪子）恭喜你，小纪！喂，准新郎人怎么样啊？跟叔叔比，哪个更好？

周吉　根本没有可比性。

小野寺　哪一个更好？

纪子　当然是叔叔更帅啦。

小野寺　是吗，不骗我？这得请小纪吃大餐啊……（转向周吉）就定今天中午，怎么样？

周吉　行。

小野寺　走吧，咱们去"瓢亭"……

周吉　好啊。

小野寺　（对纪子）美佐子也想小纪了。

纪子　（开心地）是吗？我也好想见她呢。

小野寺　不过，不干净的那位也一起来呢。

纪子　别说啦……

小野寺　你同意了？

| 纪子困窘地笑着站起身来。

86　从旅馆二楼眺望到的东山

87　清水寺

88 清水寺的舞台

| 周吉和小野寺的继室菊(38岁)——在离他们稍远的地方,小野寺、纪子和美佐子(21岁)正倚栏赏景。
菊举止安详,相貌端庄,一看就是位贤惠的妻子。

  周吉 (对菊说)京都真好哇,这么悠闲自在……

   菊 是啊……

  周吉 东京就没有这样美的地方,遍地废墟……

   菊 教授,您经常来京都吗?

  周吉 没有呢,都好多年没来啦……战后这还是第一次来呢。

   菊 哦,这样啊。

| 其他几位也在说话——

  小野寺 小纪,你看她如何,不干净的那位……

   纪子 (瞪大眼睛看着他)叔叔可真差劲儿——(拿腔拿调)

  小野寺 (笑眯眯地)说给我听听呗,你的感想——

   纪子 ……(转过脸去,一副爱搭不理的样子)

  美佐子 哎,爸爸,你说什么不干净?

  小野寺 嗯,就是脏乎乎的呀,是不是,小纪?

| 纪子困窘,轻轻拍了一下小野寺,便逃离那里,走到对面去,继续装模作样地眺望风景。不一会儿她悄悄转回头偷窥,只见一直关注着她的小野寺正笑眯眯地向她招手。

纪子摇摇头,依然装模作样地眺望风景。
——清水寺的舞台弥漫着宁静与祥和。

89　夜晚 旅馆的盥洗室

| 水龙头处,滴答滴答,水珠儿静静地滴落着。

90　房间里

| 房间里被褥已经铺好,周吉换上了睡衣,盘腿坐在上面,用手理着膝盖。纪子坐在被褥上,也准备睡觉。

  周吉　……今天走了不少路啊——纪子,你不累吗?

  纪子　(若有所思的样子)不累……

  周吉　我上次去高台寺的时候,恰逢胡枝子花盛开,真漂亮啊……明天你有什么打算?

  纪子　美佐子说十点左右来约我……

  周吉　你们去哪儿玩?时间充裕的话,去博物馆看看还不错。

  纪子　好吧……

  周吉　睡吧。

  纪子　嗯……关灯吧?

  周吉　好。

纪子站起来熄了灯,房间暗了下来,窗户上竹影摇曳。
周吉钻进被窝。纪子也躺下。

  纪子 ——爸爸……

  周吉 什么事儿?

  纪子 我吧,什么都不知道,就对小野寺叔叔说了一些难听的话……

  周吉 说了什么?

  纪子 ……婶婶人非常好呢,跟叔叔也很般配……我不该说她不干净的……

  周吉 都过去了,没事儿的……

  纪子 我话说得太冒失了……

  周吉 他不会介意的。

  纪子 但愿吧……

  周吉 放心,没事儿的。

话头就此打住,纪子凝视着天花板,心思深沉……

  纪子 ……跟您说,爸爸……您的事儿,我原本非常不愿意的。

没有反应。
纪子看过去,周吉已经睡着了。
纪子依然瞪着天花板,继续想着心事。
房间里响起周吉轻微的鼾声。

晩春

91　龙安寺　方丈居室的庭院

所谓相阿弥[1]造的石庭"虎子渡"[2]。
周吉和小野寺坐在方丈庭院的廊子上休息。

> 小野寺　话说，你倒真舍得嫁掉小纪啊？
>
> 周吉　嗯……（心事重重）
>
> 小野寺　那孩子一定会是个好太太的。
>
> 周吉　嗯……这生孩子还是生个男孩子好啊，养女孩子太亏——好不容易养大了又得嫁人……
>
> 小野寺　是啊……
>
> 周吉　没嫁人的时候总担心嫁不出去……一旦要出嫁，心里又不是滋味……
>
> 小野寺　这可没办法，咱们当年不也是娶了人家养大的姑娘吗？
>
> 周吉　那倒也是——

周吉说着笑起来，笑声里却带着莫名的感伤。
——石庭的景致。

---

1. 相阿弥（Sōami，？—1525）是日本室町时代后期杰出的艺术家，擅长水墨画和造园。
2. 京都龙安寺的石庭的别称，是日本枯山水庭院的代表作。

92　旅馆的院子

| 石灯笼里灯火点亮——

93　夜　房间里

| 纪子往旅行包里塞着东西，周吉正在看绘画明信片等小物件，大概是纪子买来的。

　　纪子　爸爸，把那个递给我吧。
　　周吉　嗯？（说着把身旁的一样东西递过去）时间过得飞快呀，觉得刚到呢，却转眼就要打道回府啦。
　　纪子　（点头）不过，这次京都之行真愉快呢……
　　周吉　嗯，不虚此行——人的欲望当真是没有止境，我还想着哪天去奈良玩玩呢。
　　纪子　可不……
　　周吉　（把刚看的明信片递给纪子）喂，还有这个。
| 纪子接过来，装入提包。

　　周吉　（不紧不慢地收拾着携带的东西）早知如此，之前就应该和你多去几个地方逛逛啊，这是跟爸爸最后一次出游喽。
　　纪子　……（正在装行李的手忽然停顿下来）
　　周吉　回去后你就该忙活起来啦——姑妈要等急啦……

纪子 ……（低着头）

周吉 明天乘快车，但愿也能顺顺利利地找到座位。

纪子 ……

周吉 虽然我哪儿也没带你去玩过，但今后佐竹君会带你去的。——他会代替爸爸疼爱你的——（忽然他注意到纪子的表情）怎么啦？

纪子 ……

周吉 到底怎么了？

纪子 我……

周吉 说啊？

纪子 我本想就这样跟爸爸在一起……

周吉 ……？

纪子 我哪儿也不想去呀。只要能跟爸爸在一起就好，仅仅这样我就心满意足啦。即便嫁人，也不会比现在更快乐——原本这样就很好呢……

周吉 可是，你这孩子，怎么能说这种话呢……

纪子 不，听我说，爸爸您就是娶了太太也没关系的。我还是想留在爸爸身边，因为我爱爸爸您。能跟爸爸在一起，于我而言是最大的幸福……好不好，爸爸，求求您啦，就让我留在您身边吧……即便结婚，我也不认为会比现在更幸福……

周吉 可是，这么想是错误的，根本不是这个理儿。

纪子 ……？

周吉　——爸爸已经五十六了,人生已接近终点了。可是你们的人生才刚开始。今后,你终将迎来崭新的人生。也就是说,你将与佐竹君一起,共同创造你们的新生活。爸爸终将退出你的人生。这是人类生活的历史规律。

纪子　……

周吉　当然,结婚后,也许起初并不感觉幸福。那种认为一结婚幸福就会马上降临的想法,莫如说是大错特错的。幸福不是等来的,终究要靠你们自己去创造。结婚并不等同于幸福。——新婚夫妇携手,共同开创新的人生,这才叫幸福。也唯有如此才能成为真正意义上的夫妻哦。——你妈妈也不是从最初就幸福的。在很长一段时间内,我们产生过许许多多的问题。你妈妈站在厨房的角落里抽泣的身影,爸爸曾目睹过好多次。但是你妈妈用足够的耐心包容我——这是彼此间的信赖,也是相互间的爱恋。孩子,今后,以你待爸爸的温柔体贴之心,来善待包容佐竹君吧——好吗?

纪子　……

周吉　如此,属于你真正意义上的崭新的幸福便会降临。——明白了吗?

纪子　……(点头)

周吉　你懂了吧?

纪子　嗯……我说了许多任性的话，对不起……

周吉　是吗……你明白了吗……

纪子　嗯……我真是任性胡说……

周吉　哎，你能理解就好呀。爸爸也不希望你带着情绪出嫁。你就安心嫁人吧。你一定会幸福的。世上无难事呀……

纪子　……我会的……

周吉　你一定会同佐竹君结成好夫妻的，因为爸爸衷心祝福你们。

纪子　……（点头）

周吉　不用多久，今晚在这里讲的这番话，准会成为笑谈。

纪子　（面露笑容，脸带羞涩）真对不起……让您为我操了那么多心……

周吉　唉——一定会幸福的……知道吗？

纪子　嗯，一定让您看到我的幸福。

周吉　嗯——会的，一定会实现的。纪子你一定会得到幸福，爸爸很放心呢，会的，会幸福的。

纪子　嗯……

纪子悄悄抹去眼角的泪花，露出开心的笑容。

94　镰仓　曽宫家门前

| 今天是纪子举行婚礼的日子。
　门前停着两辆汽车——真纱的儿子胜义在汽车旁边独自玩耍。
　邻居大妈四五人，围聚在曽宫家门前看热闹。

95　客厅

| 周吉和服部二人均身穿晨礼服，吸着烟交谈。

　　　服部　昨晚噼里啪啦下了一阵子，我心里直犯嘀咕呢……
　　　周吉　啊，今儿天放晴了，真顺利呢——下起来可就麻烦啦。
　　　服部　可不是吗！
　　　周吉　新婚旅行你去了什么地方？
　　　服部　去了汤河原[1]。
　　　周吉　真巧啊，纪子他们也要去汤河原。去那里只能从车站乘公共汽车吗？
　　　服部　不，也有出租汽车。
　　　周吉　哦，还有出租汽车呢。
| 阿繁来了。今天她也穿得整整齐齐的。

---

1. 这里指神奈川县汤河原温泉，温泉历史悠久，在奈良时代的和歌集《万叶集》中也有咏唱。

阿繁　教授——请您上楼去呢。

周吉　好的。

阿繁　小姐打扮好了，可真漂亮呢——您上去看看吧。

周吉　是吗？这就去——

| 周吉站起来就走。

96　楼梯口

| 周吉刚过来，遇到真纱下楼。

真纱　哥哥，已经准备妥当了。

周吉　那好。

真纱　迎亲的车到了吧？

周吉　嗯，来了。

| 于是，真纱转身又去了二楼。周吉也跟着上去。

97　二楼

| 新娘装束的纪子端坐在穿衣镜前。
美容师在整理她的蒙头纱，女助手在角落里收拾用具。
真纱和周吉到来。

周吉　（对美容师）辛苦您啦——（看向镜中的纪子）哟，
　　　都打扮好啦……

周吉面带微笑，在旁边坐下来。

  美容师 （对真纱）那我们先行一步……
  真纱 好的，您请……

美容师走时，将放在那儿的蔓草花纹的衣裳包裹随手拎过去。

  美容师 那我把衣服包带过去了……
  真纱 好的，劳驾。

美容师和助手一起出去，剩下的三个人短暂地沉默。
镜中的纪子低眉垂首——
守护在纪子身旁的周吉——
不由得热泪盈眶的真纱——

  真纱 小纪，扇子带上了吧……
  纪子 嗯……
  真纱 ……多么漂亮的新娘啊……真想让你去世的妈妈看看呢……

真纱悄悄地拭去眼泪。

  周吉 咱们早点儿出发吧。
  真纱 好的。
  周吉 路上从容一些才好。
  真纱 哥哥，有什么话交代小纪……
  周吉 啊，没什么要交代的啦。
  真纱 哦——那么，小纪，咱们走吧。

纪子静静地站起身来，真纱拎起放在角落里的装着随身用品的手提包。

这时，纪子又坐了下去。

   纪子 爸爸……

已经起身的周吉，又半蹲下来，看向纪子。

   纪子 ……长期以来……承蒙爸爸您……各方面照顾……
   周吉 唔……要幸福……做个好妻子……
   纪子 嗯……

周吉　一定要幸福……

纪子　……（深深点头）

周吉　你会幸福的，要做个好妻子。

纪子　嗯。

周吉　那么……咱们走吧。

纪子点头起身。周吉帮忙，一边安慰着她，并肩走出去。

真纱目送着父女离开，重新扫视了一圈儿室内，然后跟在二人身后走了出去。

98　曾宫家的门前

| 邻居比先前更多了，他们围聚过来想看看新娘模样的纪子。

99　二楼

| 房间里空无一人，唯余穿衣镜和椅子——

100　当天晚上　"多喜川"饭馆

| 从婚宴返回的途中，周吉和绫来到了这里。绫身旁放着用花纸包着的鲜花束。

周吉　（斟满一杯酒，递给绫）小绫，再来一杯，怎么样？

绫　　好。（接过去）这已经第三杯咯。

周吉　唔。

绫　　我也就五杯的量。有一次喝了六杯，结果醉得一塌糊涂。

周吉　是吗？（面带微笑）

店老板（摆上小菜）让二位久等了——前些日子，令媛曾同小野寺先生一起来过……

周吉　我听说过。

店老板　我吃了一惊呢。不知不觉长成大姑娘啦——

周吉　可不是吗……

店老板　今天小姐呢——？

周吉　我刚到东京站送别她呢……出嫁啦……

店老板　原来如此啊，您这是送亲归来？——那给您道喜啦。

周吉　啊，谢谢……

店老板　——原来如此啊……

老板离开，继续上菜。

不知不觉间，其他的客人已经走光了，只剩下周吉和绫。

绫　（拿起酒壶）叔叔——（一边给他斟酒）你说，小纪现在到哪儿了呢？

周吉　嗯……应该到大船[1]了吧……

绫　嗯……这往后叔叔会寂寞呢。

周吉　唔——也未必啊，慢慢就习惯啦……（拿起酒壶）小绫，来吧，第四杯。（给她斟酒）

绫　好啊（端着酒杯）——我说，叔叔……

周吉　什么？

绫　叔叔，您要娶太太吗？

周吉　怎么了？

---

[1] 日本地名，位于神奈川县镰仓市。

绫　因为纪子在意啊，似乎她最放不下这件事啦。

周吉　……

绫　请您三思，娶什么太太呀！别娶啦！好不好啊？

周吉　（微笑着）好吧……

绫　说到做到哦！

周吉　嗯，是真的——不过，当时要不那么说，纪子怎肯嫁人啊……

绫深受感动，目不转睛地看着周吉。冷不防地，她扳过周吉的脑袋，在他的额头轻轻一吻。
周吉被她的举动震住。前额上印着口红印儿。

绫　叔叔真是善解人意！非常棒！我都感动啦！

周吉笑逐颜开。

绫　放心吧，您不会寂寞的。寂寞的话，我便时常去看您。真心的。

周吉　好哇，你一定要来家里玩啊，小绫。

绫　嗯，我会去的——喔，好舒服啊——

她摸着自己的脸颊，将酒杯里剩下的酒喝完。

绫　第五杯——（说着伸出酒杯）

周吉给其斟满，绫一饮而尽。

绫　就此结束。（把酒杯扣过来）

周吉　小绫，真的呀，你可真要来啊……叔叔等你。

绫　嗯，我会去，一定去。我不会像叔叔一样说谎的。

周吉　什么？

绫　我可不会说那么高明的谎言。

周吉　哈哈哈哈——（笑声落下，周吉语气落寞）不得已啊，叔叔一辈子也就撒了这一次谎……

101　镰仓　当晚　鲁宫家门前

| 周吉神情落寞独自归来。
　进门。

102　房间里

| 留守的阿繁听到声响起身迎出来。

阿繁　您回来了。

周吉　哦，我回来了——

| 两人走进房间。

阿繁　小姐一切顺利吧？

周吉　嗯，托你的福……（摘下帽子，挂起来）

阿繁　这就好……真心祝福她。

周吉　受到你很多关照，谢谢啦……（脱下大衣，挂起来）

阿繁　没什么——那您早些休息，晚安。

周吉　谢谢……请代问老清好。

阿繁　好的……

周吉　晚安。

阿繁离去，周吉感受着一个人的冷清。他脱去晨礼服外套，挂在门框上面的衣架上，啪啪地掸了两下灰尘，而后径直坐到旁边的椅子上，无精打采的。忽然瞥见桌上的苹果，拿起，削皮。苹果皮削得断断续续，连不起来。周吉的身影停滞，久久不动。

103　夜色中的大海

宽阔的海面上，波涛汹涌，海水哗、哗、哗地撞击着海岸，浪花飞溅……

—— 终 ——

 麦秋

> 1951年（昭和二十六年）摄制
> 松竹大船制片厂
> 现存剧本、底片、拷贝
> 13卷，3410米（124分钟）黑白
> 1951年10月3日公映

职员表

制片 山本武

编剧 野田高梧 小津安二郎

导演 小津安二郎

摄影 厚田雄春

美术 滨田辰雄

音乐 伊藤宣二

照明 高下逸男

录音 妹尾芳三郎

剪辑 滨村义康

多美
西脇宏三
安田高子
高梨麻里
佐竹宗太郎
田村信

杉村春子
宮口精二
井川邦子
志賀直津子
佐野周二
高橋丰子

出场人物

间宫周吉 —— 菅井一郎
志希 —— 东山千荣子
康一 —— 笠智众
史子 —— 三宅邦子
纪子 —— 原节子
小实 —— 村濑禅
小勇 —— 城泽勇夫
茂吉 —— 高堂国典
田村绫 —— 淡岛千景
矢部谦吉 —— 二本柳宽

1　由比滨[1]

春天的早晨——
风平浪静,狗儿在海边欢快地奔跑。

2　北镰仓的山(透过窗户)

群山沐浴着明媚的晨光——

3　间宫家二楼

走廊上挂着金丝雀的鸟笼——也悬挂着绣眼鸟的笼子。
现年68岁的老植物学家周吉正在捣鸟食。
孙子小实(12岁)上来。

　　小实　爷爷,吃饭喽——
　　周吉　哦,早上好。
　　小实　您快点儿吧。
　　周吉　好的,这就去。

小实下楼去。

---

1. 日本地名,位于神奈川县镰仓市。

4 厨房

周吉的妻子志希（60岁）同长子康一的媳妇史子（35岁）正忙着张罗早饭。
小实穿行在厨房外的走廊上。

  小实 我叫爷爷了。

他打了个招呼。

  史子 喂，等等，把这个端过去。

说着，将装着咸菜的大碗递给他。

5 房间内

康一（38岁）在换衣服，他的妹妹纪子（28岁）正吃着饭。
小实端着咸菜碗过来。

  小实 给，咸菜——（递过去）
  纪子 谢谢。

小实随即坐下来，将饭碗递给纪子。

  纪子 （边给他盛饭边说）小勇呢？
  小实 （坐着不动，朝儿童室方向）阿勇！（喊了一声）
     那我开吃啦！（开始吃饭）
  纪子 （喊着）小勇——

麦 秋

小实的弟弟小勇（6岁）从门厅旁边的儿童室出来，睡眼惺忪，晃晃悠悠地来到餐桌边，坐下吃饭。

  纪子 小勇，洗脸了吗？
  小勇 洗过喽。（说着递过碗去）
  纪子 不行，不行！昨晚的鸡蛋还沾在嘴边呢。

小勇不情不愿地起身走出去。

6 厨房外的走廊

小勇刚走过来。

  史子 （在厨房喊着）小勇，你快点儿。

7 盥洗室

小勇走进来，拧开自来水淋湿毛巾，只把嘴唇周边擦了擦，就走了出去。

8 房间

小勇回来。

纪子　这就洗好回来了?

小勇　洗过了呀,不信你去看看,毛巾都湿了。

纪子　(笑着)是吗?

小勇　我开吃啦。

说完便吃起来。这孩子慢性子,动作举止总是不紧不慢的。
周吉到来。

纪子　我先走了……

周吉　对了——(将一封信放在桌上)这封信帮我寄了吧。

纪子　好的。

周吉　(对孩子们)要细嚼慢咽啊——(然后转向康一)今天早晨走这么早啊。

康一　嗯,有个病人,我不太放心。

周吉　噢。

史子端着酱汤过来。

史子　给。

将酱汤递给周吉,随即来到康一身边,把手绢等物拿给他。

康一　(准备就绪,面向周吉)等回来时,我去东京站接伯父……

周吉　嗯,辛苦你啦。

康一　走啦。

小实　爸爸再见。

小勇　爸爸再见。

| 史子送康一出去。

纪子　哥哥，再不抓紧来不及了，还剩七分钟。

9　玄关

| 史子送康一出门——

康一　你也去吗？

史子　嗯。

康一　在哪儿碰面？

史子　别管了，我同纪子商量好了。

康一　哦。

史子　路上当心。

康一　好的。

| 康一走了。

10　房间

| 纪子边喝茶边照料小勇。小勇磨磨蹭蹭地吃着。史子返回。

小实 我吃好了。

说完起身走了。

史子 小勇,别磨蹭,快点儿吃。

边说边盛饭。
志希端着酱汤出来,在饭桌前坐下。
史子递给她一碗饭。

志希 谢谢。

史子 爸爸,大和的伯父喜欢吃什么呢?

周吉 这个嘛,也不必费心张罗。——他爱吃的也就是豆腐渣吧。

小勇 我也爱吃。

史子 多嘴,赶快吃你的。

纪子 (笑起来)真能磨蹭啊,小勇——我吃好了。

纪子说着站起来。
她把筷子盒收进碗橱,去往二楼。

11 二楼

纪子的房间紧挨着老夫妇的房间。纪子进屋后补了补妆,收拾东西准备上班,她把岩波小丛书等装进文件包里,走出门去。

12　楼下的房间

│周吉已经吃完饭在喝茶，志希、史子和小勇还在吃饭。
　纪子进来。

　　　纪子　我走啦。
　　　史子　路上当心。

│两位老人目送她离开。

　　　纪子　嫂子，那五点半见——
　　　史子　知道啦。

│纪子走出屋子。

13　玄关

│纪子往儿童房间瞅了一眼，看到小实正在摆弄玩具火车。

　　　纪子　再不抓紧走就要迟到了哦。

│纪子招呼了一声，然后穿鞋。
　史子拿着信件追了出来。

　　　史子　你忘记带了，父亲的书稿——
　　　纪子　是啦，多谢……（接过来）——我走了。（纪子走
　　　　　　出去）
　　　史子　路上当心。

目送纪子离开,正要返回时往儿童房间瞅了一眼——

  史子 小实,还磨蹭什么!

她喊了一嗓子。

14　房间里

史子返回来时,小勇已经吃完,回到儿童房间。
  小实背着双肩书包走出房间,顺便拍了一下小勇的脑袋瓜儿。

  小实 我走啦。
  志希 路上小心。
  周吉 (在看晨报)啊,仔细点儿。
  史子 没落东西吧?
  小实 (没有回答,大着嗓门喊)我走啦!

脚步咚咚作响地快速走了出去。

15　飞奔的电车侧面

电车行驶在户塚、保土谷之间。

16　车内

| 康一与他的朋友西胁宏三（40岁）并排坐着。两人交换着看报纸。

17　北镰仓车站月台

| 纪子在等电车，不停地走来走去。
她忽然看去，只见矢部谦吉（34岁，看着颇为健壮的青年）也在这里等车，正低头看着一本书。

  纪子　（走过去）早上好……

  谦吉　（抬起头来）啊，早上好。——你哥哥呢？

  纪子　他坐前面那班电车。他牵挂着一个患者……

  谦吉　噢，这样啊。我昨晚到家已经十一点了。——（转变话题）《蒂博一家》[1]真挺有意思呢——

  纪子　你读到哪一卷？

  谦吉　第四卷才读了一半。

  纪子　哦。

| 上行电车轰然而至。

---

1. 法国小说家罗歇·马丁·杜·加尔（Roger Martin du Gard, 1881 — 1958）撰写的长篇小说，一共8卷。

18　北镰仓的山峦（透过窗户看）

|风和日丽，山峦静谧——
　和着金丝雀的婉转啼鸣……

19　间宫家的二楼

|周吉在给小勇剪指甲。

　　　周吉　大功告成。看看，干净了吧？
　　　小勇　嗯。
　　　周吉　你瞧，爷爷奖励你的——（从点心罐里拿出饼干）
　　　　　　喜欢爷爷吗？
　　　小勇　嗯。
　　　周吉　（递给他）要是非常喜欢的话，还给呢。
　　　小勇　非常喜欢。
　　　周吉　真的？给……（又给了两三块）
　　　小勇　（到手后起身，跑到拉门旁）爷爷讨厌哟！（说完
　　　　　　离开）
　　　周吉　这熊孩子！
|说着笑起来，接着开始修剪自己的指甲。

20　东京　丸之内　某座大楼的外景

│大楼沐浴着午后明媚的阳光——

21　办公室

│娴熟地敲着打字机的纪子——打完后装订起来。
　经理佐竹宗太郎（39岁）一边看着文件一边走过来。

　　　佐竹　（将那些文件拍到纪子的办公桌上）这份已经定了，日新纺纱的订单。
　　　纪子　（拿起来）旭化工那边，情况怎么样？
　　　佐竹　他们家啊，悬而未决。

│说完坐到自己的位置上着手工作。
　纪子也整理着文件资料。

　　　佐竹　（一边工作）……现在，哪里的咖啡比较好喝？
　　　纪子　（一边工作）这个……月神咖啡怎么样？西银座的……不过店面有点窄小……
　　　佐竹　月神啊……差点儿忘了，（抬起头来）先前的资料交给社长了吗？
　　　纪子　嗯。——有问题？
　　　佐竹　是吗，那就行了。

│接下来，二人继续工作。
　这时，门口传来轻轻的敲门声——

佐竹　请进。

|门开了，田村绫（28岁，筑地日式餐厅"田村"家的女儿、纪子的同学）走了进来。

绫　你好。

佐竹　（迎着她）呀，追债的人来啦——

绫　（笑起来，对着纪子）你好。

纪子　（笑眯眯地）你好。

绫　近来忙吗？经理先生——

佐竹　是啊，天天忙。

绫　忙点儿好啊，是好事儿。

佐竹　谢谢。——自那以后情况如何呀……

绫　真是要命！那个无赖又开始操练先前的三弦曲[1]……

佐竹　（大笑起来）不会是"终于不再哭泣的弁庆"[2]吧……

绫　是啊，拜他所赐，我妈妈的心脏病，好像又加重了。

佐竹　放心吧，死不了的，老太太。

绫　唉……

|佐竹哈哈哈大笑一通，继续工作。

---

1. 江户时代流行的歌曲，也叫长歌。
2. 出自歌舞伎狂言第18幕《劝进帐》中的一句唱词。

绫　（对纪子）喂，你听说没有？茶亚子要结婚了。

纪子　没有，没听说呢。——跟谁？

绫　那个人，你未必认识呢，叫津村……

纪子　津村？

绫　嗯，早稻田的篮球选手……

纪子　不认识。——恋爱结婚？

绫　是的。茶亚子纠结了好长时间呢……

佐竹　（坐在自己的座席上）羡慕嫉妒啦？两个大龄剩女凑一块……

纪子和绫，相互看了看，然后笑了起来。
佐竹起身，来到绫的身边。

佐竹　给——（拿出支票）不兑现可不关我的事儿。

绫　（接过来）谢谢！

佐竹　客气啦——（转向纪子）我要出去一下。

纪子　去哪儿？

佐竹　酒店——要是罗伯特先生来电话，就说两点前去拜访……

纪子　好的。

绫　经理先生，我能搭你的便车吗？

佐竹　不是一个方向呢。

绫　没关系的，我从酒店绕道回去。（对纪子）喂，下班顺便去我那里？

纪子　今天可不行。

　　绫　是吗？那再见。

纪子　再见。

｜绫追着佐竹，快步走了出去。
　纪子又继续工作。

22　傍晚的天空

｜广告灯一闪一闪——

23　小饭馆"多喜川"的灯箱

24　"多喜川"店内

｜女服务员端着盛着天妇罗的大盘子走来——

　女服务员　让诸位久等了……抱歉。

｜她从土间[1]将盘子递到小客间。

---

1. 指日式房间中入口处没有铺地板或用三合土铺成的部分，比房间的木地板低。

25 小客间

> 康一、史子、纪子三个人——已经上了两三道菜。
> 史子接过天妇罗,放到餐桌上——

史子 这是什么呀?

康一 Garage[1]。

纪子 噢,是虾蛄——

康一 (给史子倒啤酒)喝点儿?

史子 不要了。

> 然后,康一又给纪子添酒,纪子不吱声,任凭康一倒酒。

史子 真是海量啊,纪子。

纪子 可是真挺好喝的。嫂子,你也喝点儿呗?

康一 算了算了,纯属浪费。勉强喝要不得。

> 史子与纪子对视一眼,然后扑哧一声笑了。

康一 笑什么?

纪子 哥哥,你就是那种人。

康一 哪种人?

纪子 (对着史子)是吧,嫂子?(寻求认同)

史子 对啊,一贯的……(说着笑起来)

---

1. garage 本意是车库,因为日语的"虾蛄"发音和"车库"同音,所以康一故意说成"车库"。

康一　说什么呢?

纪子　哥哥,你经常会这样呢——明明自己刚劝过酒,轮到别人,马上就说不行……

康一　可都说不要了,再添不是浪费?

纪子　不过,那可是礼仪的体现呢。

康一　哪样?

纪子　(不理会他)嫂子,天妇罗好吃吗?

史子　相当美味。

纪子　是嘛。(纪子也开始吃)

康一　(一边喝着啤酒)你们两个啊,说点什么动辄扯到礼仪上,简直就像法律条款一样,什么男人要体贴女人啦,诸如此类,其实也不尽然。男人也好,女人也罢,绝不要给别人带来麻烦——这是最基本的——这才是礼仪真正的意义所在。

纪子　哥哥懂得还真多啊,佩服……

史子　我倒觉得他还没弄明白呢……

康一　(苦笑起来)蠢不可及……

史子　纪子,吃饭吗?

纪子　嗯,来一碗。

史子盛饭。

康一　——饭还是要吃的。总而言之,战争结束后,女人们擎着礼仪的大旗,越发变得放肆起来,唯有这

麦　秋　135

一点才是不争的事实吧。

纪子　没有的事儿,这才勉强有点儿正常。迄今为止你们男人们可是厚颜无耻得很呢。

史子　(笑眯眯地)加油加油!

康一　(对纪子)你呀,满脑子净是这种想法,难怪你到现在都嫁不出去。

纪子　并非嫁不出去,是根本不想嫁。只要我想嫁,随时都可以。

康一　胡说八道。

史子　但就是不考虑医生。

纪子　当然咯!

康一　岂有此理……个个不省心……

纪子　(看看手表)哥哥,咱们步行去银座,得抓紧时间,快点儿吃饭吧……

康一　哦。(自己又看了看表)……是九点四十五分的吧? 还来得及哦。

史子　(一边给康一盛饭)大和的伯父,上次来是什么时候……

纪子　是战争结束后的第二年吧。那时还没有站台票,在东京车站手忙脚乱的,是不是?

史子　对对,我还穿着扎腿式的劳动服。

康一　伯父的身体可壮实着呢。

| 说完开始吃饭。

史子　米饭真好吃，软软糯糯的……

26　清晨　北镰仓　间宫家庭院

| 竹竿上晾晒着洗好的衣物，朝阳明媚，洒满院落。

27　间宫家二楼

| 茂吉老人（73岁，周吉的哥哥）正悠闲地用烟袋锅抽着烟。
　在另一边，周吉将一幅古画挂到了门楣上。

　　　周吉　（端详着）我记得离开大和老家时这幅画还挂
　　　　　　着呢。
| 茂吉老人耳朵背。

　　　周吉　——还有一幅，哥哥，是山水画吧，同样也是大雅
　　　　　　堂[1]的作品……
　　　茂吉　什么？（转回头来）
　　　周吉　（提高声音）大雅堂的扇面……
　　　茂吉　（连连点头）……那幅画已经卖掉了……

---

1. 应指日本江户时代著名书画家池大雅（Ike no Taiga, 1723 — 1767）堂号，代表作《日本名胜十二景图》等。

周吉　这样啊。——这幅也非常不错啊……
茂吉　……什么东西都涨价……世道真是艰难啊……

28　楼下房间

|志希正在焙茶。

　　　志希　不容易啊，大星期天的……
|康一做着上班前的准备。

　　　康一　习惯了。下班回来我买点好吃的招待伯父……
　　　志希　不过，硬东西他可吃不动啦……
　　　康一　知道。那我走啦。
　　　志希　辛苦啦。
|康一出门。"走好""路上当心"告别声响起。
　志希端着两碗茶起身走着。

29　厨房

|史子和纪子头挨着头在算着账目。
　志希端着茶进来。

　　　志希　小纪，把茶端给伯父——
　　　纪子　好的。

| 志希把茶交给纪子后去往浴室的方向。
  纪子端着茶走出去。

30　二楼

| 纪子端着茶过来。

　　　　纪子　（对茂吉）伯父，请喝茶。
　　　　茂吉　啊……小纪，你今年多大了？
　　　　纪子　28。
　　　　茂吉　（没听清）多少？
　　　　周吉　她28岁了。
　　　　茂吉　噢，这么大了。
　　　　周吉　再不抓紧嫁人可就……
　　　　茂吉　（也不知道有没有听清）唔……既不嫁人，也不招
　　　　　　　赘，就捞不着烤鲷鱼[1]吃喽……哈哈哈哈哈。
| 周吉笑眯眯地看向纪子。
  纪子哭笑不得，她站起来，拎着书桌上自己的手提包下楼去了。

---

1. 因为"鲷鱼"日语发音和"恭喜"谐音，所以常被当作"吉祥"鱼，出现在庆祝用的饭桌上。

31 厨房

| 史子正在洗刷。纪子进来。

> 纪子 （抽出几张百元纸钞）给，嫂子，五百七十日元——
>
> 史子 （一边擦手）没有零钱？
>
> 纪子 不用找零了。
>
> 史子 这可不行，我有零钱哦。（说着从围裙兜里拿出一沓十日元的纸币，抽出其中三张递给纪子）给。
>
> 纪子 真客气……
>
> 史子 话说，就那顿饭，自己在家做的话，三分之一的费用就足够啦。
>
> 纪子 （笑起来）可是做不到人家那么好吃。
>
> 史子 所以个个都像大肚汉（说着笑起来）——啊，差点忘了。我们还在银座喝咖啡了，多少钱？
>
> 纪子 不用了，那个算我请客。
>
> 史子 这可不成。多少钱？
>
> 纪子 不必了。

| 说着走出去。

> 史子 多谢款待。

32　房间

| 纪子进来。将手提包放到一边的缝纫机上,然后又返回厨房。
"姑姑——"传来小实的喊声。

  纪子　（循声看去）有事儿吗?
| 小实从儿童房出来并向纪子招着手。

  纪子　什么事儿呀?
| 纪子走过去。

33　在儿童房间门前

| 纪子到来。

  纪子　怎么啦?
  小实　大和的爷爷是不是聋子?
  纪子　不是聋子哟。
  小实　可是,刚才他明明没听到嘛。
  纪子　听得到呢。
| 说完返回厨房。
 茂吉老人从二楼下来。

麦秋

34　房间

茂吉来到客厅,伫立窗边呆呆地望着院子。
小勇晃悠悠地过来,茂吉没有察觉。

　　小勇　(仰头看着茂吉)笨蛋……

茂吉没有听到。

　　小勇　(又说了一遍)笨蛋……

茂吉还是没听到。小勇扭头看了看走廊方向,
然后往回走。
小实在走廊里,挑唆小勇。

　　小实　声音再大一点儿嘛。

小勇再次晃悠悠地走到茂吉身边。

　　小勇　(以更大的嗓音)笨蛋!

茂吉这才听到似的转过头来。小勇吃了一
惊,慌慌张张地跑掉了。

　　茂吉　哈哈哈……

茂吉大笑,复又盯着庭院。
黄莺脆鸣声声。

麦 秋

35 长谷大佛[1] 院内

小勇和小实在玩踢石子的游戏。
茂吉和纪子坐在石头上休息。

纪子　伯父，您累不累？

茂吉　……是吗……小纪，你多大了？

纪子　（纪子笑着，附在茂吉耳边）28。

茂吉　噢噢……嫁人的事儿要抓紧啦。

纪子　（充满调侃的意味）伯父，大和有没有合适的人选，帮我物色一个？

茂吉似乎没有听见，默默地眺望风景。

纪子　（笑着）得是非常有钱的，我这辈子什么事情都不用做，光是吃喝玩乐……这样的人选，伯父您手头有吗？

茂吉　（没听见）——啊，天气真不错呢。

纪子正笑着，忽然看到了对面的某个人，打着招呼站起来。
矢部谦吉的妈妈多美（54岁）带着孙女光子（3岁），站在小实哥俩旁边。

纪子　你好。

---

1. 又称为镰仓大佛，建造于1252年，是古都镰仓的象征，被定为日本国宝。

多美　你好。

纪子　（蹲下身子）小光，真乖呀，跟奶奶一起逛街呢。——要去哪儿？

多美　天气这么好，带她出来走走……

纪子　（点头，对着光子）爸爸在家吗？

多美　没呢，跟你哥哥在一起……

纪子　噢，今天有学术研讨会……

多美　什么活动？他能派上用场吗？想必又给你哥哥带来不少麻烦吧……

纪子　怕是麻烦谦吉先生更多呢。——（然后再次对着光子）小裙子真漂亮呀……

多美　对啦，听说大和的亲戚来府上了……

纪子　嗯，就是跟我一起的那位……

多美　这样啊。

| 不知什么时候，小实和小勇分坐到茂吉两侧，正晃荡着两条腿。

小实　阿勇，你再给爷爷一块奶糖试试。

| 小勇将奶糖袋递给茂吉。
　茂吉取出一块放进嘴里。

小实　（盯着看）啊，他又连糖纸一块吃了！
| ——晴暖闲适的春日时光。

36　戏剧的宣传画

37　歌舞伎剧院大门前

｜夜场演出进行中。

38　剧院观众席

｜茂吉老人与周吉夫妇——茂吉手搁在耳边做屏风状专心观看演出。
　舞台上传来特色唱腔……

39　收音机

｜正在转播歌舞伎节目。

40　筑地"田村"日式酒店内绫的房间

｜绫和纪子正在收听节目。

　　　绫　你伯父肯定被歌舞伎表演震撼到了吧？

纪子　可是，他未必听得到呢，耳朵很背的。

绫　没问题的，因为是最靠前的好座席。

│说着起身，走到收音机前关掉开关。

绫　阿高还真是能磨蹭啊，洗个澡这得洗到什么时候！

纪子　怎么回事儿？阿高什么时候冒出来的？

绫　怎么说呢……我去丸之内遛了一圈儿，回来后她就坐在这里，眼睛红红的。问她发生了什么事儿，她就说今晚不走了。（说着，抖动着两手的食指）吵架了呢。

纪子　他们不是出了名的恩爱吗，都说阿高很幸福。

绫　幸福过头了，一准儿是。

│拉门开了，话题主角安田高子（28岁）现身，刚洗完澡的样子。

高子　哎，纪子来了？——洗个澡可真舒服……你什么时候来的？

纪子　刚刚——（笑着一个劲儿打量高子）

高子　干什么，干吗盯着我？

绫　幸福满满呢，是吧？

高子　谁啊？

绫　你呗，还会有谁。

高子　哪来的幸福满满！

麦秋　147

纪子　什么事情吵架?

绫　　鸡毛蒜皮的小事儿呗!

高子　并非小事呢!

纪子　到底怎么回事儿?

高子　不就是养了条狗吗?

纪子　谁养的?

高子　就我们家呗,小型宠物狗——

绫　　那只小狗把她老公的宝贝烟斗给咬坏了。

高子　可他东西放那儿就不管了,狗当然会咬的呀。

绫　　高级烟斗呢,据说是伦敦还是哪儿的。

高子　这就一个劲儿地埋怨我啦。把我惹毛了,我就每天光给他胡萝卜吃……

纪子　狗狗不喜欢吃胡萝卜?

高子　不是给狗吃呢,是给我家那位。

绫　　这要是喂马,马一准儿干劲十足呢。

高子　滚蛋!——所以,今天早晨我俩终于爆发了正面冲突——

纪子　什么呀,就为了这点事儿?

高子　话虽如此,可就是很窝心呢。

纪子　这种小事,忍忍就过去了。

绫　　你已经嫁为人妇了,对吧?

高子　没错。

绫　　所以呢,这不过是鸡毛蒜皮的小事儿,对吧?

（与纪子交换了一下眼神）

纪子　就是，不值一提呢，对吧？

绫　大老爷们，有一个算一个，都这么个德行。所以我俩才拒绝嫁人呢，对吧？

纪子　就这么回事儿。对呀。

高子　净胡说八道！明明没有实践经验！

绫　实践经验？

高子　不嫁人怎么会明白！

绫　等到嫁人后才明白那不就晚喽！对吧？

纪子　对呀。

高子　我还是回去吧！

绫　那是得回去，对吧？

纪子　就是，理所当然要回去，对吧？

绫　毕竟吃了胡萝卜，对吧？

高子　我偏不走！

纪子　真不回去？

高子　都说了不回去呢！

绫　厉害厉害！就请安心住下吧。

高子　偏不！

绫　那回去？

高子　偏不！

绫　到底去哪儿？

这时绫的妈妈信（52岁，"田村"饭店的老板娘）来了。

信　高子，府上来电话啦。

高子　（立刻装模作样地）啊，是吗？多谢……

随后急急忙忙地走出去。

绫和纪子笑着目送她离开。

信　我说，小绫啊，那件事情帮我问了没？

绫　哪件事儿？

信　就那件事呗，你拜托过了吗？哎，跟纪子说说。

绫　什么事儿呀？

信　（拍了拍左胸）这里呀，就这里。

绫　哦，是心脏。

信　嗯。

绫　哎，纪子，妈妈说想劳驾你哥哥给看看呢。去医院拜访他，可以吧？

纪子　阿姨吗？（转头看着信）

信　嗯，不知怎么啦，最近这段时间，喝了点儿酒，就这么丁点儿的小酒盅，才喝了两三杯，就……

绫　不能喝就别喝呀。

信　可是不行啊，总要陪好客人的。——结果心慌慌地跳得厉害，（手放在胸口不停动着）就这样。听说温灸管用，对了，就在横滨边上，那里有家什么店来着，记不起来了……

绫　已经明白了，好啦。

信 又不是跟你说,跟纪子呢。

绫 行了。会打好招呼的。是吧,纪子……

纪子 嗯,我会转告他。

信 那好的,给添麻烦了,抱歉。一切拜托啦。——(然后转身要走)对了对了,经理先生过来了,在二楼呢……

纪子 他一个人?

信 嗯。——刚来一会儿……

说完走了出去。

纪子 我还是去打个招呼吧。

绫 什么?

纪子 ——(看看钟)还来得及。(说着起身)

高子一副回家的装束进来。

高子 纪子,还待一会儿?

纪子 你——这就回去?

高子 (没有回答,转向绫)我回去啦。——给你添了不少麻烦,多谢……

绫 别客气啦!再坐一会儿吧。

高子 恐怕不行。他等着呢,在尾张町拐角处……

与此同时,纪子笑着走了出去。

  绫 谁啊？胡萝卜？

  高子 （心情愉快状）是的。打扰了！

  绫 （微微恼火样）回去吧！赶快走吧！

  高子 茶亚子的结婚典礼，你会去吧？

  绫 才不去呢，那种事儿！

41　二楼走廊

| 纪子来到。

42　二楼待客厅

| 佐竹经理一个人——
 纪子进来。

  纪子 打扰了。

  佐竹 哟，你也在啊。——过来坐吧。

  纪子 嗯。——就在您出去后，希尔公司打来电话。

  佐竹 噢，怎么答复的？

  纪子 按您交代的回复了。

  佐竹 是吗？谢谢。——来，喝一杯吧。（举杯敬酒）

  纪子 （接过，喝掉）多谢……（然后回敬）

佐竹　噢……（接受）赶巧了，正好我有几句话说。——我说，纪子……

纪子　什么事儿？

佐竹　是时候结婚嫁人了吧？

纪子　……？（笑眯眯地）

佐竹　嫁了吧，见好就收吧……我有个不错的人选。

纪子　……（含笑不语）

佐竹　我上一届的学长，同是商大毕业的，在印度加尔各答住了好长时间。他叫真锅，非常优秀的家伙哦。——我不敢说他还是处男，但至少可以保证他至今未婚。对了，我有他的照片。

说着打开包，拿出四五张照片挑选着。

佐竹　不是很清楚啊——（从中抽出一张）——就他，你看看（然后又抽出一张——）这张也是。（递给纪子）

打高尔夫的照片，手持球棒低头做击球准备状，两张照片完全看不清脸。

佐竹　高尔夫比我打得好，人又风度翩翩……我是望尘莫及呢。

纪子　（边笑边看了看表）我……

佐竹　要干啥？

纪子　到时间了，我得去接人……

佐竹　什么呀,别想逃跑。

纪子　不是,我爸爸妈妈来看歌舞伎了……

佐竹　是吗?——那开我的车子去吧。

纪子　可以吗?我去新桥……

佐竹　没问题,去吧。

纪子　谢谢,我告辞了。(站起来要走)

佐竹　喂,这个(拿起照片)带上吧。带回家去,好好商量一下。没关系,拿去吧。

纪子　那我就暂借一下……(接过照片)告辞了。

佐竹　嗯。

43　走廊

纪子出来,踏着楼梯下去。

44　同天晚上　间宫家　厨房

史子将煤气灶上烧好的热水倒进茶壶,然后拎着走了。

45　房间

刚从东京回来的茂吉、周吉夫妇、纪子,再加上康一,他们几个在房间里各自做着不同的事情:有人在看歌舞伎的剧情介绍,有人在读晚报,有人在吃点心,氛围轻松闲适。孩子们似乎已经睡下。史子端茶进来。

史子　大家久等了……

志希　辛苦你了……

史子　(见茂吉发呆状,转向志希)大和伯父是不是该歇着了?

志希　(对茂吉)哥哥,您累着了吧?

茂吉　唉……

志希　要不去休息吧?——明天还要早起。

茂吉　——太精彩了,今天的剧……没想到年轻演员演得这么棒,哎呀哎呀,了不得啊。

康一　是吗?那我也去看看吧。

志希　你喜欢那可太好了……

周吉　对。

茂吉　——睡觉吧……

周吉　睡吧。

茂吉　——你们也回趟大和吧。

周吉　嗯,要去的。就等操办完纪子的婚事……

茂吉　什么?嗯,来大和好,志希也要来。大和好呀,好地方呢。——不管什么时候不要成为孩子们的累赘……

周吉　说得是啊。这段时日所有的事情都是康一帮我打

麦秋　155

理……

志希　会去造访的，一定……

茂吉　——好啦，睡吧……晚安！

康一　晚安！

史子　晚安！

纪子　晚安！

周吉　晚安！

志希　晚安！

| 然后，茂吉和周吉夫妇起身离开，史子与纪子两人收拾，将用具端去厨房。

46　厨房

| 史子与纪子——

纪子　哎，嫂子，今天公司经理问我要不要嫁人呢。

史子　是吗？大和伯父不也说过同样的话吗？

纪子　哎，也是。忽然间就变得抢手了，还真是受宠若惊呢。（说着笑起来）

史子　怎么样呢？你们经理介绍的那位——

纪子　要赶时间，也没听仔细……这事儿不提了。热水我用了吧？

史子　嗯，好的。

纪子拎着水壶走了出去。

史子收拾完毕啪的一声关了电灯。

47　医院窗外

道路两侧的梧桐树，嫩芽新发，绿油油的。

48　医院研究室

| 康一与谦吉,另有其他三两位医务人员,各自在查找研究。
　女护士进来。

　　女护士　间宫医生,有人找。
　　康一　（继续看着显微镜）谁啊?
　　女护士　说是筑地"田村"家的,是位太太……
　　康一　啊,知道了。带她去隔壁……
| 女护士走出去。

　　康一　（起身,对谦吉）喂,六号室的反应结果出来
　　　　　了吗?
　　谦吉　（纳闷儿状）没有呢……
　　康一　真奇怪啊。
| 一头雾水的样子走了出去。

49　隔壁房间

| 信在房间里等着。
　康一到来。

　　康一　啊,你好。初次见面,我是间宫。
　　信　初次见面……我是绫子的妈妈。
　　康一　请坐。

信　哎，谢谢。（一边坐了下来）——不好意思呢，绫子总是一次又一次地麻烦纪子……

康一　可别这么说……怎么回事儿？听说心脏不太好……

信　唉……是啊，不得已就只能来麻烦您给检查一下。

康一　没什么，我也未必就能断明白呢……

信　您可别这么谦虚……话说，明知道您很忙还来麻烦您……

康一　哪里，没什么。

信　是吗？——对了，大夫，我可是听说了，纪子结了门好亲事呢，连绫子听了也高兴地连连夸好呢。

康一　怎么回事儿？

信　哎呀，大夫，您还不知道呢，是她公司经理保的媒……

康一　啊，是吗？

信　对方人品出众，非常优秀呢……年纪轻轻的就做到了松川商事的常务董事，是位既有名望也有才干的人物呢。

康一　是吗？

信　他老家大概是四国的善通寺[1]，听说是有名的世家

---

[1] 日本香川县西北部的一个市，城市名称源自日本佛教真言宗的开山祖师空海建立于此的善通寺。

麦　秋　159

　　　　　望族……据说府邸还原样保存着呢。
　康一　这样啊。——去检查一下吧。
　　信　好的。
　康一　请吧……（站起来）
　　信　好的，百忙之中打扰您，非常抱歉……
　康一　没什么。
｜说着率先起身走出去。

50　走廊

｜康一说着"请"，领着信进入对面的检查室。

51　傍晚　北镰仓　间宫家门前

｜康一归来。

52　玄关

｜康一进入屋内。

　康一　我回来啦。
｜史子迎了出来。

史子　回来啦。还挺早呢。
康一　嗯。

53　房间

│康一和史子进来。
　一边换衣服，一边说着话——

康一　纪子还没回来?
史子　嗯,她今天去参加朋友的婚礼——
康一　哪个朋友?
史子　茶亚子,你不认识她吧。——洗澡水烧热了哦。
康一　知道了。
史子　爸爸正在洗。
康一　哦。——今天筑地的那位去医院了——
史子　啊,绫子的妈妈?
康一　嗯,她可真能絮叨啊。
史子　严重吗? 她的心脏病——
康一　没事儿,我给转去耳鼻科了,是鼻子的问题呢。
史子　竟然这样……

│史子笑着,将康一穿过的西服衬衫团起来带走了。

54 浴室门前

| 史子过来,冲着浴室喊话。

  史子 爸爸,还行吗?水温怎么样——
  周吉 啊,挺好的,温度正合适。
  史子 那就好。

| 然后将衬衫放进洗衣筐里,拿着盥洗室架子上的小药瓶返回去。

55 房间

| 康一换好了衣服。史子回来,将药瓶递给他。康一接过来,往脚指头上抹药。

  康一 哎,听说纪子的经理给她介绍了个对象……
  史子 ——?
  康一 好像非常优秀哦。
  史子 你听谁说的?
  康一 嗯,今天听筑地的那个老板娘说的,据说是哪家公司的常务董事呢。
  史子 是吗?——看上去也是一表人才呢……
  康一 你见过?
  史子 嗯,见过照片。
  康一 纪子有他的照片?

史子 嗯。

| 这时小勇晃悠悠地走进来。

 史子 小勇，一边玩儿去。
 康一 那男的长什么样子？
 史子 打高尔夫的照片，不过脸看不太清楚……（发现小勇还在房间）去那边玩吧。
 康一 似乎是好事一桩，对吧？
 史子 我也这么想的。
 康一 你再找人打听一下吧。
 史子 好。一准儿是缘分到了。不知怎么我总有这种感觉。——（一眼看去，小勇还站在一边）出去！小勇！

| 小勇挨了训，耷拉着脑袋走了出去。

56 楼梯下方

| 小勇走来，往二楼去。

57 二楼

| 小实在给志希捶肩膀，一边出声数着数。
 小勇上来，站在旁边默默地看着。

小实 ……二、三、四、五、六、七、八、九、百！——我捶完了，二百下，二十日元……

志希 好歹让让利，再赠送几下吧……

小实 阿勇，过来给奶奶捶肩膀，让利赠送的部分——

| 小勇一声不吭开始捶肩。

志希 小勇给奶奶捶肩膀呢，谢谢。

小实 奶奶，你给我二十日元，我可就凑够三百日元了。

志希 是吗？——你攒这么多钱要干什么？

小实 买轨道啊，火车的。

志希 你不是已经有了吗？

小实 我想要很长很长的呢，是吧，小勇？

小勇 嗯。（点点头继续捶着）

58　楼下房间

| 周吉洗完澡出来，将湿毛巾挂在檐廊的竹竿上。已看不到史子的身影。

周吉 啊，洗个热水澡真舒服啊……现在水温正合适……

康一 喂，爸爸——

周吉 嗯？

康一 有人给纪子提亲说媒啦！

周一　啊，是吗？

康一　对方条件很是不错呢。

周吉　是吗，好事儿啊。——女大不中留哟。

康一　可不是吗，都 28 岁了。

周吉　是的。希望是桩好亲事啊。

康一　很不错呢。我还想着再多打听打听……

周吉　那就辛苦你，打听妥当了……事不宜迟啊。

59　桌上

| 桌上放着用蜡纸包着的花束，有三四支——
不时传来朗朗的笑声……

60　当晚　银座的咖啡馆

| 出席结婚典礼归来的纪子、绫、高子，以及她们共同的朋友高梨麻里（28 岁），几个人谈笑风生。还点了花式蛋糕和红茶——

麻里　（边笑边说）——不过，说那样的话很不公平呢。

绫　是吗？

高子　那种场合搁谁都会装模作样的。

纪子　不过，我还是第一次看到茶亚子那般拿捏作态呢，

对吧？（目光看向绫）

绫　　嗯，体态那么扭捏的，抿着个樱桃小口。

麻里　（对高子）你去了哪里？蜜月旅行——

高子　修善寺……

麻里　我去了热海[1]……刚到便遭遇大雨，从当晚开始连续下了三天，哪儿也去不了呢。也不晓得做什么好。每天都在下雨呢。

绫　　暂停，麻里，你究竟想说什么呢？

麻里　一五一十汇报，我这可是纪实作品呢。——（继续对着高子）然后呢，跟酒店说了说，领班给我们买来了陀螺。

高子　陀螺？

麻里　嗯。没见过吗？就那种，上面画着国旗什么的……转陀螺来消磨时间。

绫　　（从旁插嘴）哦，是吗？

麻里　非常厉害哟，我家那位。

绫　　哦，是吗？

麻里　当然是咯……

绫　　啊，是吗？

麻里面色尴尬地中断话题。

---

1. 日本本州岛东南伊豆半岛东岸城市，属静冈县。热海温泉是日本三大温泉之一。

高子　这不好吧，当着单身女士的面说这种话，害人啊。
绫　　好无聊哦。我们这些人，都没有转过陀螺啥的，对吧？
纪子　我们又不是小孩子，对吧？
高子　你们未婚人士，不明白了吧，对吧？
麻里　就是哟，对吧？
高子　真是好可怜啊，对吧？
绫　　高子！没你插嘴的份儿！什么呀！
麻里　怎么回事儿？
绫　　这家伙很没出息呢。
高子　我还是走吧！

高子站起身来。在众目睽睽之下，只见她一屁股坐到了另一边的席位上。

高子　不结婚的话，就永远体会不到人间真正的幸福！未婚人士没资格说三道四！
绫　　您说得对呀，胡萝卜太太——
高子　未婚人士无权插嘴！
绫　　——何为幸福！不过是乐观的预期罢了！就如同参加赛马的头天晚上，不停地嘀咕着明天买这个买那个，一心憧憬着爆大冷门，但是无论买哪一个，都是一个人的激动不安，不就这么回事儿吗！

麦秋

高子　不对！你没有发言权！

麻里　你没有发言权！

绫　（面向麻里）你掺和什么！

纪子　打住，打住！

麻里　我也走吧！（说着站起身来）

绫　走吧走吧！幸福的种族！

| 麻里走到高子的座位边坐了下来。

高子　我说，我们大家一起去镰仓玩吧？去纪子那里——

纪子　热烈欢迎！很好，现在就出发吧……

麻里　定在下个星期天吧，怎么样？

高子　好哇。——（对着绫）你有问题吗？

绫　我什么时间都可以的哦，因为是未婚人士嘛，对吧？

高子　你还说！

| 于是，大家朗声笑起来。

61　当晚　间宫家　起居间

| 夜深人静，大家都已歇下，起居间与客厅之间的隔扇也关闭了。只有史子一人在翻看一本翻译小说之类的书，等着纪子归来。

大门开了。

纪子 （画外音）我回来了——

史子 是纪子？

纪子 要关上门吗？

史子 嗯。

纪子提着花束和装有点心的小盒子等东西进来。

纪子 我回来了。

史子 回来了。怎么样？茶亚子——

纪子 非常漂亮呢。很气派的结婚典礼……

史子 穿的西装？

纪子 不是，是长袖和服……（将花式蛋糕拿出来）嫂子，不吃吗？来一点……

史子 呀，还有蛋糕，很好吃的样子。

纪子 回来途中顺便去了银座。——（边从筷子盒里取小碟子和叉子，边说道）下个星期天，大家都说要来镰仓玩呢。

史子 是吗？那得好好想想做什么好吃的待客。

纪子 （将小碟子和叉子递过去）请吧。

史子 你不吃？

纪子 我吃饱了。

史子 哦。那我吃啦。（吃了起来）

纪子 真有趣呢，嫂子，我们几个只要凑一起，总是分成两个阵营呢——已婚和未婚的。——今天也是，绫一个人孤军奋战。

史子　为什么呢？

纪子　还不是因为她们口口声声地叫我们"未婚人士"，分明瞧不起人嘛。

史子　所以，你早些嫁人不就得了。

纪子　嫂子，你也是跟她们一伙儿的？

史子　当然咯。

纪子　什么事儿呀。——算了，我也嫁掉吧。

史子　嫁掉吧。——怎么样了，你们经理揞的那门亲？

纪子　（满是恶作剧意味）值得考虑……经理说了非常不错呢。

纪子说着说着笑起来，拿着花束离开。

客厅隔门嗖的一下开了，穿着睡衣的康一探出脑袋。

史子　（猛然看到）啊，你吓我一跳。还没睡呢？

康一　（慌忙制止她，压低声音）哎，看来她并不排斥经理的说媒？

史子　（这次也降低声调）是呀，我看有戏。

康一　（悄悄地）纪子似乎感兴趣，你还是再探探口风吧。

他突然吃了一惊，慌忙缩回身去。

纪子反身回来，没察觉到什么，只是将开着的隔门关好。

史子　（故意装模作样地吃蛋糕）真好吃呀。当真好吃呢，
　　　　从前的味道……
纪子　真的啊，那下次我多买点回来。
史子　请便。

纪子端起一边的茶杯走了出去。
随后，嗖的一声隔门又开了，康一探身出来。

史子　——？（看着他）
康一　（再次压低声音）喂，纪子那家伙性情古怪，你打
　　　　听时要有技巧。
史子　（这次也压低嗓音）嗯，我知道的。你就放心吧。
康一　（还是很小声）你就说爸爸也大致赞成。别太啰唆。
史子　（点头）嗯，没问题。

突然康一又猛地缩回去，嗖的一下关上拉门。
史子也装作若无其事。
纪子去了对面的走廊，拍了拍毛巾晾好，返回房间。

62　过响　间宫家大门前

谦吉的妈妈多美，拎着个小包裹，走了过来。

63　玄关

|多美进入。

　　　　多美　打扰了……屋里有人吗?

志希的声音　哪一位?

　　　　多美　(探出身子往里瞧)您好,好久不见了……

　　　　志希　(从厨房里)哟,他婶子啊,快请进……

　　　　多美　哦,那我进来了……

|说着迈上台阶进入屋内。
　随后志希也擦了擦手进入房间。

64　房间

|多美与志希。

　　　　多美　久疏问候,真是抱歉呢……今天儿媳妇不在家?

　　　　志希　嗯,她去买东西了……来,坐垫子上。

　　　　志希　呃——(拿出带盖的容器)怎么说呢,这东西也不知道是否合您的胃口,是今天刚从土浦[1]送来的呢。

　　　　志希　哎呀,这怎么好意思,总让您这么破费……

---

1. 日本地名,现在的土浦市,位于茨城县南部。

多美　哪里，又不是什么了不起的东西。——话说，太太，今天早晨，有个奇怪的人到我家里来了。

志希　欸，谁呀？

多美　不知道啊，我也是头一遭看见他呢。头发这么分开，架着副眼镜，拎着这么大的一个黑色提包。——最初我还以为是税务局的人呢，不过，太太，还真是大错特错呢……

志希　倒是哪一位呢？

多美　原来是信用调查所的，很常见的，不是吗……

志希　嗯……

多美　你猜怎么着，竟然是来探听您家纪子的情况呢。

志希　啊呀，竟有这回事儿？

多美　这我就猜测，一准儿跟纪子的婚事有关，是来探听情况的。当时我就问他：对方是哪一位？

志希　（微笑）哦。

多美　结果那人呢，只是嘿嘿嘿地干笑着敷衍我，惹得我不痛快，我便不客气地冲他道：那么好的姑娘打着灯笼都难找呢！

志希　可真是……

多美　很难缠的家伙呢，大事小情都要查个清楚明白，甚至打听您家省二跟我们家谦吉是高中同学的情况……

这时周吉走了进来。

多美　哟……您好。

周吉　啊……你来了。

多美　我家谦吉总给府上添麻烦……

周吉　哪里……身体好吗?

多美　嗯,托大家的福……

| 志希倒茶。

周吉　谦吉君也很有出息,你也算老怀安慰吧。

多美　哪有呢,唉,怎么说呢,自打媳妇去世后,他便一头钻进书堆里……

周吉　是前年的事儿吧?

多美　(很是伤感)是呀……时间过得可真快啊……

周吉　唔。

多美　府上的省二……

周吉　(语气陡转凄凉)唉……那孩子怕是再也回不来了……

多美　可是,这些日子不还陆陆续续地,从南方……

周吉　唉……我已经不抱希望了。

志希　(递过茶来)请。

多美　谢谢……

周吉　她(志希)还总幻想着省二在某个地方好好活着呢……

多美　这也难怪,人之常情呢,太太真是的……

志希　……

周吉　她很有耐心，每天都要听收音机播放的寻人节目呢。

志希　……这人啊,还真是不可思议呢……刚发生的事情一转身就忘掉了，省二活蹦乱跳时的模样却记得清清楚楚……

周吉　别提了……他再也回不来了……

大家沉默，空气凝滞。

65　五月的天空

鲤鱼旗[1]上悬挂着的风车哗啦哗啦地转动着。

66　围墙（镰仓的小路）

鲤鱼旗的影子随风摇曳，写有"夜间诊疗　西胁医院　内科"等字样的看板，挂在围墙上。

---

1. 在日本为庆祝五月五日男孩节，悬挂鲤鱼旗，以祈祷家中男孩早日成才。

麦秋

67　诊疗室

康一正与诊所主人下围棋。

康一　（一边下着棋）你当兵时的部队，好像驻扎在善通寺？

西胁　嗯，善通寺……（一边下棋）

康一　——你听说过有个叫真锅的男人吗？是松川商事的……

西胁　不知道，没听说啊。——什么事？

康一　没什么……不知道就算了。

西胁　（忽然抬起头来）坂口是善通寺人。

康一　是吗，坂口……

西胁　你问问他就知道了，他交际很广，认识人也多……（聚精会神地盯着棋盘）——这下真被围起来了。

康一　嗯。

西胁　这棋子是在这儿吗？

康一　不是，在这里。

这时，西胁寻到着眼点出了一招，这次轮到康一思考。屋外传来孩子们的吵闹声。

西胁　——近些年，小孩子是越发多了起来……

康一　的确……

西胁　星期天尤其嘈杂。

康一 我们家今天更是闹腾,聚了一帮小孩子……家里根本没法待……

68 间宫家 厨房

史子与纪子,做了很多三明治。

纪子 嫂子,这些行了吧?
史子 行了,端过去吧。

纪子端着一整盘的三明治走过来。

69 房间

从起居间到客厅铺设着玩具车轨,架起书本当隧道,有小孩子六七人,玩具火车在轨道上跑着。
纪子来到。

纪子 哇哦!太厉害了! ——嗨,便当来咯……

(并模仿着站内售货员的口气)便当……三明治……

小实 (将玩具小火车停下)喂,吃三明治吧!来吧,吃东西咯!

这时史子又端着一个盘子走过来。

史子　嗨！（说着放下盘子）

小实　（对小伙伴们）喂，小心别踩着车轨！

大家围着三明治。

小实　（对史子）哎，妈妈，给我买点轨道！

史子　这不有了吗，这么多！

小实　这可是大家伙的。我只有八条呢。给我买嘛！好不好啊？

纪子　（从旁插嘴）用你自己攒的零花钱买不就得了？

小实　不够呢！我想要很长很长的轨道，对吧阿勇？给我买吧，姑姑。

史子　等跟你爸爸说说。（说着起身离开）

小实　您好好跟爸爸说说呀。我要三十二毫米轨距的。千万不要给忘了，千万！

纪子　真滑头！

小实　闭嘴吧！——姑姑你也给我买啊！

纪子　才不买呢！

大门开了。纪子起身离开。

玄关

绫现身门口。纪子出来。

綾　你好!

纪子　啊,快进来!

綾　(一边进屋)麻里说来不了了。我正要出门时,她电话打了过来。

纪子　啊,是吗?

綾　阿高还没来?

纪子　嗯,还没……

71　走廊

| 綾边走边看。

綾　啊! 房子真漂亮啊!

| 然后对着在厨房里忙活的史子——

綾　打扰您了。

史子　欢迎……请楼上去吧……

綾　好的……

| 两人向二楼走去。

72　二楼

| 桌子上蒙着桌布,摆放着鲜花、三明治、糕点等等,做好了迎

接客人的一切准备。

绫和纪子上来。

  绫 哇,好漂亮。喏,这是我的一点儿心意,请转交阿姨。

  纪子 好的,多谢!

绫走到廊子上眺望屋外。

  绫 真棒啊,天空好美呀!——在我家那里几乎看不到天……

然后折回房间,边走边说——

  绫 你爸爸不在?
  纪子 跟我妈妈去博物馆了。——麻里还说什么没有?
  绫 说她老公突然出差——还说很想过来呢……
  纪子 是吗?
  绫 真不自由呢,换成是我一准儿来……
  纪子 设身处地你也够呛呢,肯定。
  绫 可是,只要想来就一定能来,不是还有女佣吗?
  纪子 不过,一旦嫁人,便会有各种各样的事情在等着吧……
  绫 (笑起来)我们这些未婚女人哪能知道那么多呢……
  纪子 也是。(笑着点点头)——喂,吃不吃?

绫　嗯。(将目光移向户外)镰仓,真挺舒服的……
　　　　　我也好想住在这里呢……
　史子的声音　(从楼下)纪子,电话——
　　　纪子　马上来。

│说着起身下楼。

73　楼梯下方

│电话在楼梯下方。纪子到来,史子从厨房出来。

　　　史子　从大矶[1]打来的。
　　　纪子　哦。

│拿起电话。

　　　纪子　喂喂,哦,阿高?怎么回事儿?……嗯?……啊,
　　　　　是嘛。嗯……嗯……哦,知道了……

74　二楼

│绫又回到走廊上眺望天空。
　　纪子回来。

---

1. 日本地名,位于神奈川县。

麦　秋　185

纪子　阿高打来的电话。——说是去了大矶。

绫　　大矶？

纪子　说她父亲身体不太舒服……

绫　　撒谎！——前天的报纸还刊登着呢，阿高父亲的车内访谈……

纪子　是吗？——怎么搞的嘛，明明是她的提议……又为什么不来了呢……

说着话，两个人进入房间。

绫　　明摆着，咱俩被放鸽子了呗……

纪子　……

绫　　也就咱们俩姑娘家啊……

纪子　嗯。上学期间咱们几个关系那么要好，大家还是渐行渐远啊……（不无寂寥地说）

绫　　……毫无办法呢……似乎也只能这样了……（也是寂寥的口吻）

纪子　……真没意思啊……（调节气氛）我说，一会儿去海边吧？

绫　　好啊，咱这就走！

纪子　喂，先吃点儿东西。

绫　　嗯，吃了再去。

但是，两个人总感觉打不起精神来。

75 东京 国立博物馆的院子里

| 周吉与志希两人坐在草坪边上休息,膝盖上的三明治已经开封。

  周吉 可是,不管怎么说,现在或许是咱们家最好的时候呢……日后纪子嫁了人,家里又会冷清了……

  志希 是啊……也不知道经理先生提的亲事怎样了?

  周吉 嗯……但愿能成……女大不中留啊。

  志希 嗯……

  周吉 日子过得真快……康一娶了媳妇有了孙子,纪子又要出嫁。——现在或许是咱们一家最快乐的时候呢。

  志希 或许吧……不过,我还想着今后更好……

  周吉 唉,人的欲望没有止境呢。——啊,这个星期天天气真不赖呢……

  志希 看那边,老伴——(手指着天空)

  周吉 什么?(说着望过去)

| 一只断了线的气球升上了天空。

  周吉 气球飞走了的那个孩子,不知道在哪儿,但肯定正哭着吧……康一小时候不也遇见过同样的事情吗……

  志希 嗯……

| 抬头仰望的老夫妻。
 升上高空的气球……

麦秋

76 夜 医院的窗外

| 研究室的窗户亮着灯。

77 研究室

| 电话铃响了,助手接电话。

  助手 喂喂,是的。(然后冲着一个方向)镰仓来的电话。
| 室内还有一名助手。康一在看一本书。

  康一 谢谢。
| 他起身去接电话。

  康一 啊,喂喂,史子吗?是我。今晚不回去了。……嗯,有个病号,我不太放心。纪子回来了?……是嘛。经理上次提的亲事非常好。我打听过坂口了。……哦,等我回去说给你听。……嗯,就这样吧。

78 间宫家的电话

| 史子在接电话。

史子　是吗？……嗯，我明白。那么，晚安。

| 挂掉电话返回厨房。

79　厨房

| 纪子从蛋糕盒里拿出裱花蛋糕。
　史子来到。

　　　纪子　哥哥值夜班？

　　　史子　嗯。——（看见蛋糕）呀，真漂亮，非常好吃的样子。——多少钱？这个。

　　　纪子　（一边切蛋糕）九百日元——

　　　史子　（吃了一惊）九百日元，就买它？

　　　纪子　是哦。

　　　史子　就这个？……真贵啊！也太奢侈了吧。

　　　纪子　是哦。

　　　史子　（泄气般一屁股坐到旁边的脚凳上）——我已经倒胃口了……

　　　纪子　（笑起来）别瞎说了！快拿小盘出来——

　　　史子　（不动弹）——我就不该托你买……

　　　纪子　（笑着）盘子盘子——

　　　史子　——好郁闷啊。发神经才会托你给我买这玩意儿，太失败了……

|然后站起来,从架子上取着盘子。

  史子 纪子,你出一半钱吧。

  纪子 我?不干!

|史子将刚拿出来的盘子又收回去。

  纪子 (看到)好吧,我出,我出。

  史子 (笑着)真出哟?

  纪子 确定。

  史子 给。(将盘子递过去)——不过真奢侈啊……

  纪子 这可是最好吃的呢。

  史子 还是太贵。这都能买半磅上好的毛线啦。——不过还好吧,只是偶尔吃吃。

|史子絮絮叨叨,与此同时纪子已经将切好的两块蛋糕盛到小盘子上,整理好现场,走向房间。

 这时,大门开了,传来男子的声音——

谦吉的声音 晚上好。

  纪子 哪一位?

谦吉的声音 矢部。

80 玄关

|谦吉立在门口。

 纪子过来。

纪子　欢迎。

谦吉　你哥哥今晚有急诊……

纪子　嗯,刚刚通过电话,说晚上在医院不回家了。

谦吉　啊,是吗?

纪子　请进——快请上来吧。

81　房间(餐厅)

│史子坐着,面前的小盘子上盛有蛋糕。纪子和谦吉到来。

谦吉　晚上好。

史子　麻烦您特意跑这一趟……

谦吉　没什么——叔叔和阿姨呢?

史子　已经睡下了。

纪子　(将自己的那份蛋糕让给谦吉)请。

谦吉　哎呀,来得早不如来得巧啊。我可以吃这个吗?

纪子　请吧。

│说着起身离开。

谦吉　今天是有什么喜事吗?

史子　什么?

谦吉　像这么高级的蛋糕,府上时常吃吗?

史子　也不是常有的事儿,还好啦……

谦吉　真希望能时常吃到这样的美味啊。

|这时，纪子又端着一份蛋糕返了回来。

谦吉　（对纪子）很贵吧，这蛋糕？

纪子　不贵，很便宜哦，对吧？（看看史子）

史子　嗯，便宜便宜，放心吃放心吃——

谦吉　真好吃啊（一边吃着）——听说纪子有大喜事了呢。

纪子　是吗？（假装不知情）

谦吉　我可是听说了呢。

纪子　是吗？好极了！在哪儿呢？

谦吉　喂，太太，有这回事儿吧？

史子　（含糊其词）这事儿啊……（转换话题）莫不是你有好事了吧？

谦吉　说我吗？

史子　好像听阿姨提起过。

谦吉　没有呢，那是我妈妈自个儿臆想的呢。

纪子　不过也应该的。抓紧娶个媳妇吧。对吧，嫂子？

史子　是啊，这样一来对光子也好。这岂非好事一桩？

谦吉　没影的事儿，都是我妈妈一个人瞎着急呢。——（然后看到史子的蛋糕没动）太太，你不吃吗？你要是不吃那我吃咯。

史子　（慌忙地）吃啊，我吃。

谦吉　哦，这样啊。——不过蛋糕真好吃呢。
　　史子　（忽然竖起耳朵，面呈紧张）快藏起来！

说时迟那时快，大家立刻把蛋糕藏好。这时，半梦半醒状态的小实晃晃荡荡地从房间出来，在众目睽睽下，迷迷糊糊地去了卫生间。

82　第二天傍晚　间宫家屋前

康一下班归来，除了皮包，他腋下还夹着一个用纸包着的细长东西。

83　玄关

康一进来。
史子迎上去。

　　史子　你回来了。

小实从儿童房间出来。

　　小实　爸爸回来了。——（看到纸包）啊，太棒了！
　　　　　（说着便拿过来，很高兴的样子）妈妈，你看！
　　　　　太棒了！

说完跑回儿童房间。

84　儿童房间

| 扔得乱七八糟的轨道和玩具火车,小勇身处其间。
　小实跑了进来。

  小实　阿勇,快看,车轨!爸爸给我们买轨道啦!太好了,太棒了,棒极了,棒极了!

| 说完便开始拆纸包,小勇来到旁边帮着拆除包装纸。

  小实　你别动!慢慢来!嘿嘿,真难得呢!太好了!

| 包装打开,并非轨道,一枚条形面包呈现眼前。

  小实　(一下泄了气)什么破玩意儿!切!
  小勇　是面包啊……
  小实　(大发脾气)讨厌!

| 将面包狠狠地扔了出去。
　横倒在地的面包——

85　房间

| 史子帮着康一换衣服。

  康一　妈妈呢?
  史子　在厨房——
  康一　(喊着)妈妈……妈妈……(对史子)喂,腰带给我——

志希来到。

康一　纪子的亲事有眉目了，对方非常不错呢。

志希　是吗，昨晚你电话中说的……

康一　据坂口的消息，他家可是善通寺屈指可数的名门世家，（转向史子）那人是家中次子。

史子　是吗？

康一　（再次面向志希）名人录里甚至都有他的介绍，不仅才华超群，而且为人稳重可靠。

志希　啊，是吗？真是门好亲事呀。——不知他多大年龄？

康一　明治四十三年[1]生人……今年多大了呢……是42岁吧？

志希　他都42啦？

康一　周岁的话也就40呢。

志希　40岁啊……（脸上浮现出不开心的表情）

史子　他年龄这么大了？

康一　可我觉得年龄不是什么大问题啊。

志希　毕竟相差了整整一圈还多呢……

史子　说得是呢……

康一　（忽然间拉下脸来）那你们认为多大年龄合适？毕

---

1. 指1910年。

竟纪子也谈不上年轻了，这么挑三拣四的话，只怕到什么时候也嫁不出去。只要对方优秀不就可以了吗？我们可没资格说那么过分的话。

志希　……可我总觉得纪子有点可怜呢——

康一　可怜？哪里就可怜了？

志希　……

康一　什么才叫可怜？——妈妈您要是这么想的话，纪子才更加可怜吧。

志希　……是吗……

康一　是的。难道不是吗？——妈妈，您是否有些贪心过度了？目前看来是这样。

史子　可是，那样……

康一　可是什么！

史子　不知道纪子会怎么想……

康一　你竟然还不知道纪子的想法？你难道没跟她说？

史子　那你不是说……

康一　笨蛋！我能说那话吗！别再瞎扯了！

于是史子也缄口不言，三个人陷入了尴尬的沉默。

志希　（叹了口气）——是我太贪心了吗……

康一忽地站起身气呼呼地走了出去。

麦 秋

86　盥洗室

| 康一到来,肝火未消,粗暴地拧开水龙头,洗着手。

87　二楼

| 周吉在写稿子,书桌上摊着参考书等等。
　志希有气无力地进来。

　　　周吉　（看到）——怎么了?
　　　志希　——被儿子训斥了……
　　　周吉　（宽慰地）好啦……大家都是发自内心地关爱。
　　　志希　……

88　楼下房间

| 康一一脸不高兴地坐在书桌前。
　小实拿着面包,从儿童室出来。
　而且,为了引起注意,故意将面包抛了出去。
　康一一声不响地盯着他。

　　　小实　骗人!
| 康一狠狠地瞪着他。

小实　骗人！怎么回事儿，为什么不是轨道！什么呀，什么破玩意儿！

｜说着用脚踹了一下面包。

　　康一　你干什么，喂！
　　小实　什么呀，这破玩意儿！

｜说着继续踹面包。

　　康一　喂！你疯了！

｜说着猛地站起来抓住小实。

　　小实　什么呀！什么玩意儿！
　　康一　你在做什么！有用脚踹食物的吗！

｜边训边揍小实。小实大喊大闹。

　　小实　什么呀！什么玩意儿！

｜挣脱开，跑进儿童房间。

89　儿童房间

｜小实回到房间扑通一声坐下。
　小勇不知所措地看着他。

　　小实　阿勇……跟我走。

｜喊上小勇走了出去。小勇紧跟其后。

麦　秋

90 玄关

孩子们刚要出门,迎面格子门开了。
"我回来了——"
随着招呼声纪子进来。

  纪子 去哪儿？……挨骂了？

小实不搭腔,生气地推开纪子走了出去。
小勇也跟上去。
纪子关上格子门。

91 房间

纪子到来。

  纪子 我回来啦。——哥哥,你又训斥孩子们了？

  康一 ……（一脸不痛快,默不作声）

  纪子 心情不好啊？——哥哥你这样可不行呀,自己心情不好就乱发脾气……孩子们多无辜呀。

  康一 （回头看着她）你说什么？

  纪子 这样做会吓着孩子们的。

  康一 少管闲事！

  纪子 这可不是闲事哦。哥哥你什么时候也……

  康一 别人的事儿少管,操心你自己吧！

说着走了出去。

92　走廊

│纪子上楼,她冲着厨房打了声招呼。

　　　纪子　我回来啦——
史子的声音（从厨房）回来了。

93　房间

│康一一脸悻悻然,一动不动地坐在书桌前。

94　日暮时分的海岸

│沙滩上投下了物体拉长的影子——
　小实与小勇弯着腰面向大海。
　小实的脸被泪水和沙子弄得脏兮兮的。

　　　小实　（面朝大海）坏蛋!……坏蛋!
│小实不停地喊叫着,将攥在手中的沙子狠狠地扔出去,然后站
　起来——

　　　小实　阿勇!走!
│然后转身咚咚地走了。小勇迈着小碎步跟在他屁股后面。

95　夜晚　间宫家

│小饭桌上只剩下孩子们的饭菜。

96　夜晚　间宫家厨房

│史子与志希忧心忡忡地交谈。

　　　志希　……他俩会去哪儿了呢……
　　　史子　……去了哪里呢……肚子也该饿了吧……
　　　志希　可不是吗，可怜的孩子……

97　旁边走廊

│周吉从二楼下来，向厨房里瞅了瞅。

　　　周吉　哥俩还没回来？
　　　志希　嗯……会去哪儿呢……
　　　周吉　唔……这么晚了……

98　房间

│周吉来到屋内，虽然坐了下来，但一颗心总在悬着——

周吉 我再去四下里找找吧。

他冲着厨房方向喊道,并站了起来。

史子 可是,爸爸……

周吉 没事,我去找找。

说着他出了玄关。史子目送他离开。

99　同一时间　矢部家门前

纪子来到。

100　矢部家　玄关

纪子走进来。

纪子 阿姨,晚上好——

101　矢部家　房间

多美正在哄光子睡觉。

多美 (起身)啊,是纪子吗?
纪子 嗯,是我。

102　玄关

| 多美迎了出来。

    纪子　阿姨，我家那俩孩子有没有在您这里？
    多美　不在呢。
    纪子　他们没来过吗？
    多美　没来呢。——发生什么事儿了？
    纪子　傍晚出去后，一直没回家呢。
    多美　哎呀……这能去哪儿呢？

| 这时谦吉从二楼下来。

    谦吉　怎么回事儿？
    多美　我说，你一起去帮着找找吧？
    谦吉　好啊，这就走吧。
    纪子　麻烦你了。
    多美　喂，你那木屐带子松了呢。
    谦吉　不要紧的。
    纪子　那走啦……

| 打着招呼出去了。多美也趿拉着木屐跟出来。

    多美　天都这么黑了，从八幡宫前到长谷方向的马路，仔细找找啊。也说不定会在车站附近、等候室等地方呢，都看仔细点。还有车站后面那块儿。

| 多美不停地叮嘱着，目送二人离去。

103　当晚　西胁医院诊察室

隔着棋盘,康一与西胁相向而坐。夜已深了,其他房间的灯火已经熄灭。康一看上去有些忧虑不安,提不起精神来。

  西胁　——喂,到你了。
  康一　该我了……(回过神儿似的,落子)
  西胁　(一边下棋)——不过,究竟为什么发那么大脾气呢……
  康一　(含糊其词)呃……
  西胁　不要大发脾气,孩子们是很敏感的。
  康一　唔。(思索中)
  西胁　不能发脾气。
  康一　嗯,不发脾气。(下出一子)
  西胁　(下着棋)真不容易啊……
  康一　嗯,不省心啊……

内屋的电话铃声响了起来。

104　中廊

电话铃响着。西胁的妻子富子(36岁)走出来,接电话。

  富子　啊,喂……嗯,是吗……嗯,间宫先生吗?啊多谢……好的,请稍候。

│ 康一到来。

  康一 找我的?

  富子 嗯,您家里来的……

  康一 多谢……

│ 说着接过话筒。富子返回里屋。

  康一 啊,喂喂,是我。……嗯……嗯……(脸色阴转晴)是吗,回来了……啊……嗯,太好了……嗯……嗯嗯……(露出笑脸)是吗……嗯,那我过会儿回去……嗯嗯。

│ 挂掉电话。

105 诊察室

│ 康一回来。

  康一 (脸色轻松)好消息,哥俩已经回家了。

  西胁 是吗?那就放心了。

  康一 听说这两个小家伙饿着肚子,坐在车站前的长椅子上发呆。

  西胁 是吗?怪可怜啊……

  康一 呃,两个淘气鬼。——(冷不防地)我告辞了。

  西胁 哦,还是回去吧。

康一 （一边收拾棋子）——总觉得这孩子越来越像我了呢……优点没学到，就坏脾气跟我一样……真是头大……

西胁 理所当然啦——（说着也开始收拾棋子，忽然想起什么）喂喂，前几天说的话记得吧？

康一 什么话？

西胁 就是去秋田的事儿……能尽早给我答复吗？对方很是着急呢。

康一 啊，知道啦，明天我问问看。——那再见……（站起身）

西胁 好的。

| 送康一出去。

106 第二天 傍晚 矢部家门前

| 谦吉归来。他表情严肃，似乎有所担心。

107 玄关

| 谦吉进入。

谦吉 我回来啦。

108 房间

|光子一个人在玩。谦吉进屋。

  谦吉 咱们光子可真聪明呢。
|多美从厨房出来。

  多美 还挺早呢。
  谦吉 嗯……
  多美 肚子饿了吧?
  谦吉 嗯……
  多美 没事儿我忙去了,在做炒饭呢……
  谦吉 好的。
|多美正要返回厨房——

  谦吉 喂,妈妈——
  多美 怎么了?(回过头来)
  谦吉 我有话跟您说。
  多美 什么话?(坐了下来)
  谦吉 我想去秋田工作……
  多美 秋田?
  谦吉 嗯。
  多美 是出差吗?
  谦吉 不是,说是去担任县立医院的内科主任。
  多美 你去?

谦吉　是啊。——今天听间宫先生说的。我发的论文好像也通过了,最多坚持三四年,很快就会回来呢……

多美　……(思考中)

谦吉　您觉得呢?

多美　(不感兴趣的样子)你怎么想的?

谦吉　我想去呢,不过……去的话也是我自己去就行啦。

多美　那可不行。

谦吉　那么,妈妈也跟我一起去咯?

多美　……

谦吉　去是不去?

多美　……这个嘛……是秋田呢……

谦吉　妈妈不愿意?薪金可比现在的工作高多了呢。

多美　说得再好也不是东京呢,那种机会……

谦吉　没有哦。只有去地方工作才会涨工资。——哎,妈妈,这对我而言可是机会呢。

多美　这我也明白,可就是觉得……

谦吉　而且,秋田那边还有恙虫,能从事恙虫病[1]的研究工作。

多美　……

谦吉　最多待上三四年便能回来了。这是最初开始便约定

---

1. 也称丛林斑疹伤寒,是由恙虫病东方体所引起的自然疫源性疾病。

　　　　俗成的规矩。

　　多美　……

　　谦吉　拒绝的话不知道猴年马月才会有这么好的机会呢。怎么样啊，妈妈？

　　多美　……

　　谦吉　我要去的，就这么定了吧。

| 谦吉说完站起来。多美不免垂头丧气。

　　谦吉　不高兴的时候就赌气不说话……妈妈,这可不是个好习惯啊。

| 然后谦吉便去往二楼。
　多美伤心地抽着鼻子。
　光子天真烂漫地玩耍着。

109　东京　高楼大厦外景

| 下午——三点多，明亮的阳光洒下来……

110　经理办公室

| 佐竹经理正独自工作。
　随着敲门声响，门开了，绫现身门口。

佐竹　请进！

绫　（开心地）您好——

佐竹　今天过来是有什么事儿？

绫　刚好路过这里……

佐竹　是吗？那坐会儿吧。

绫　纪子呢？

佐竹　刚出去。

绫　哦——（坐下来）对了，昨晚真锅先生去店里了……

佐竹　哦，真锅。——他可说了什么？

|佐竹从座椅上起身来到绫身边。

绫　也没说什么……怎么回事儿？纪子……

佐竹　什么？

绫　与真锅先生的亲事——

佐竹　这事儿啊，我还不清楚呢。你帮着给问一下吧。

绫　我来问？

佐竹　嗯。——话说，那家伙究竟怎么回事儿……

绫　什么？

佐竹　她有没有动过心呀——

绫　以经理您的观察呢？

佐竹　这个嘛……似乎有，又似乎没有，真是令人捉摸不透的家伙呢。——她一直就这样儿？

绫　　是的。

佐竹　她就没有迷恋过谁吗?

绫　　这个,她应该没有吧。——学生时代喜欢赫本,收集了这么厚一摞照片……

佐竹　什么啊,赫本是谁?

绫　　美国的女演员啊。

佐竹　那不是女的吗?

绫　　没说不是哦。

佐竹　难道她变态?

绫　　怎么会!

佐竹　不好说呢,那种事儿。真是个古怪的家伙。——你多少教教她嘛。

绫　　教什么?

佐竹　各种事儿。

绫　　各种什么事儿?

佐竹　(笑着拍拍绫的肩膀)别装糊涂哟。

绫　　什么呀!这么欺负人!(故作生气状)

佐竹　哈哈哈哈哈!(大笑起来)

绫　　真是无礼啊,经理先生!

佐竹　不客气哟,哈哈哈哈哈。

|笑着站起身打开门。

佐竹　勤务!上茶!——(回过头来)喂,喝咖啡吧?

  绫　（郑重其事地）不喝！不需要！

  佐竹　哈哈哈哈哈。

| 经理大笑着返回来。

  绫　纪子还不回来啊——

  佐竹　她也许不回来了，说是顺道去他哥哥的医院一趟。

  绫　怎么搞的嘛，居心不良！我刚到的时候您怎么不说呢……

| 佐竹返回自己的位子，同时说——

  佐竹　咱们去吃寿司吧，好不好？

  绫　好啊。

  佐竹　（边整理着书桌）寿司，你喜欢哪一款？

  绫　呃，金枪鱼。

  佐竹　金枪鱼啊……文蛤如何？蛤蜊。

  绫　喜欢。

  佐竹　紫菜寿司卷喜欢不？紫菜卷。

  绫　不喜欢。

  佐竹　你也是个变态呢，哈哈哈哈哈。

| 佐竹再次大笑起来。

111 御茶水[1]附近的坡道

| 纪子与谦吉一起缓缓步行。
　看得见对面的尼古拉教堂——

---

1. 日本地名，位于东京都千代田区。

112 某咖啡店

| 透过窗户看见的尼古拉教堂——
纪子与谦吉在喝茶。

    谦吉 ——从前,还是学生时代,经常和省二君到这里来呢。

    纪子 是吗?

    谦吉 还有呢,每次都是坐在这个位置上哟。

    纪子 是吗?

    谦吉 还是与从前一样挂着那幅画呢……

| 嵌着米勒[1]的《拾穗者》的古旧镜框——

    谦吉 时间过得飞快啊——

    纪子 是啊——虽然我们经常吵架,但我还是非常喜欢省二哥哥……

    谦吉 对了,我还存有省二君的信呢。那是在徐州战场时期,从那边寄过来的军事邮件,中间还夹有麦穗呢。

    纪子 ——?

    谦吉 那时,我刚好在读《小麦与士兵》[2]……

---

1. 指让-弗朗索瓦·米勒(Jean-Francois Millet, 1814—1875),法国现实主义画家。
2.《小麦与士兵》是日本作家大野苇平以侵华战争徐州会战为背景创作的小说。

纪子　那封信能给我吗？

谦吉　好啊。我一直想送给你呢……

纪子　那我收下了！——（突然看出去）啊，他来了。

谦吉　——？（望过去）

| 康一走了过来。

康一　等了好一会儿？

纪子　没呢，我们也刚到。

康一　咱们走吧——（面向谦吉）吃什么？

谦吉　我吃什么都行。

纪子　既然是送行，那就得请人吃点好的。

康一　啊，应该的。不过，太贵的可不行啊。

谦吉　（笑起来）小气鬼……

谦吉　吃什么都好呢。

康一　价格昂贵的东西也未必就好吃呢。

113　夜晚　矢部家

| 光子已经入睡。
　军官用的行李箱等物件被拿出来，多美正在缝补谦吉的袜子。
　玄关门开了。

纪子　晚上好——

多美　哪一位?

纪子　是我——

多美　哦,是纪子?

忙起身走出去。

多美　欢迎。快进来……

纪子　打扰了。

说着进屋。

纪子　小光睡了?

多美　嗯。

纪子　在整理东西?

多美　嗯,不知怎么啦,心总是静不下来……

纪子打开包裹,将系着花纸绳的饯别礼金包和物品拿出来。

纪子　都是不值钱的东西,还有这个,是我们家的一点儿心意……

多美　啊,真是费心啦……(收下)非常感谢。

纪子　谦吉哥不在家?

多美　参加送别会,还没回来呢,明天就出发了。

纪子　阿姨,您什么时间去呢?

多美　慢慢拾掇吧,拾掇好了就去……(没精打采的样子)

纪子　是吗?很麻烦呢……

多美　（非常恳切地）这么长时间以来，承蒙你们关照啦……（抹着眼泪）

纪子　哪里呀。——阿姨，这是头一次去那边？

多美　嗯……他爸曾在铁道上工作，也就去过宇都宫[1]……

纪子　是吗？不过也不会太久，很快就能回来了。

多美　谦吉也是这么说的，不过我还是……

纪子　那也是人之常情。

多美　是啊……我已经这把年纪，这辈子哪儿也不想去了，就想着帮谦吉娶房媳妇，谁知道……

纪子　……

多美　说句心里话——纪子你千万别生我气啊，也不要跟谦吉说哦。

纪子　什么事儿呀？

多美　那我就说了，嘿嘿，这话或许不招人待见。我时常会想，要是谦吉能娶个像你这么好的姑娘做媳妇就再好不过了。

纪子　是吗？

多美　真是冒犯。但这只是埋在我心中的想法，就像做梦一样……你可不能生气哦。

纪子　阿姨，真的吗？

---

1. 栃木县首府，东京以北约105公里。

多美　什么？

纪子　您真这么想的吗？

多美　对不起哦。所以一开始我就说了不能生气的。

纪子　喏，阿姨，您看像我这样嫁不出去的女人行吗？

多美　你说什么？（不相信自己耳朵似的看着纪子）

纪子　若您觉得我行……

多美　（不由自主地）真的？（声音一下子提高）

纪子　嗯。

多美　（探着身子）你确定吗？

纪子　嗯。

多美　一言为定！我可认真啦！（情不自禁地抓住纪子的膝盖）

纪子　嗯。

多美　啊，我太高兴了！是真的吧？（眼泪汪汪地）啊，太好了，太好了！……谢谢你……谢谢你……

纪子　……

多美　心里话还是应该说出来的。刚才要是不说，或许一切都还是老样子呢……真是太好了，幸亏我碎嘴子爱说话……太好了，太好了。我这颗心啊完全放回肚子里啦。——纪子，吃不吃面包？豆沙馅面包？

纪子　不吃了……我该告辞了。

多美　为什么？再坐会儿吧，谦吉很快就回来——

纪子　但是……我必须回家了……
｜纪子随后站起来,多美也起身。

　　　多美　确定吧,刚才的话——
　　　纪子　嗯。
｜随后走向大门。

　　　多美　是认真的吧?一言为定?
　　　纪子　嗯。

114　玄关

｜纪子来到门厅。

　　　纪子　再见。
　　　多美　好的。晚安。——啊,实在太好了,太好了……谢
　　　　　　谢,谢谢……
｜纪子离开。

115　家门前的路

｜纪子往回走着。
　迎面,喝得醉醺醺的谦吉,脚步踉踉跄跄地归来。

麦　秋

  纪子 回来了。

  谦吉 啊，昨天太谢谢了……

  纪子 明天几点？上野车站——？

  谦吉 八点四十五分去往青森方向的。

  纪子 是吗？——那么，早些休息……

  谦吉 嗯，晚安。

| 纪子脚步匆匆地回去了。
谦吉继续晃晃悠悠地走着。

116 玄关

| 谦吉归来。

  谦吉 我回来啦——

| 多美飞奔而出。

  多美 你回来路上遇见纪子没有？

  谦吉 嗯。

  多美 纪子没说什么吗？

  谦吉 也没说什么啊……

| 谦吉进屋。多美兴冲冲地跟着他。

117 *房间*

谦吉与多美进来。

多美 喂，你听着，纪子说要到我们家来！喂，纪子要来我们家啦！

谦吉一屁股坐下来。多美也坐下——

多美 喂，我试探着说了呢，跟纪子说了！幸好说了呢！然后她说要来我们家！

谦吉 去哪儿——

多美 我们家！

谦吉 来做什么——

多美 能来做什么！嫁给你呗！做你的媳妇呢！

谦吉 嫁给我？

多美 当然是咯，难道你不开心？天大的喜事啊……

谦吉 ……（呆若木鸡）

多美 我真是高兴，太高兴了……（眼里浮现泪光）喂，你开心吧？我一直在想你会高兴到什么样呢……（哭起来）

谦吉 不哭才好呢。

多美 可我实在是忍不住嘛……（一边哭着）你也是，开心也好，兴奋也好，怎么都成啊……很开心吧？喂，很开心是不是？

  谦吉　（低声自语）开心啊。

  多美　那么,振奋一点行不行啊？振奋起来吧。——这孩子还真古怪，你呀……

多美抽了抽鼻子。

118　当晚　间宫家二楼

周吉与志希身穿睡衣坐在铺好的被褥上。

  周吉　纪子还没回来呢？
  志希　像是刚回来了……
  周吉　呃……

史子脚步匆匆地上楼。

  史子　来一下，爸爸——
  周吉　怎么啦？
  史子　妈妈也一起来——
  志希　什么事儿？
  史子　请下来说吧……

说完下楼。
 周吉与志希对视一眼，起身下楼。

119　楼下房间

| 康一与纪子稍微隔开一些坐着。史子也坐在那里。
　周吉与志希到来。

　　周吉　怎么回事儿……

　　康一　先坐吧……

| 周吉与志希也一起坐了下来。

　　康一　纪子说要跟矢部结婚。

　　周吉　与谦吉君?

　　康一　嗯,说是方才与矢部的妈妈见面时定下来的。

　　志希　……可是,谦吉不是明天就出发了吗?

　　康一　嗯。

　　纪子　所以我来跟大家说说。

　　志希　……可是,这么要紧的事儿,你可考虑清楚了?

　　康一　矢部可是有小孩子的。

　　纪子　(点头)……

　　康一　你的终身大事,咱们家谁都操透了心!大家的担心你不会不知道吧?为什么你都不跟父母商量一下?你考虑清楚了吗?——有你这么草率的吗?

　　纪子　……

　　康一　我不知道爸爸、妈妈对这件事怎么看,反正我是不赞成的。

纪子　可是阿姨在跟我讲这件事的时候,我的心情突然明朗起来,就仿佛幸福一下子降临了呢。——所以我才认为可以的。

志希　……这么说你对刚才的决定并不后悔?

纪子　不后悔。

康一　你确定不后悔?之后,有没有觉得把事情搞砸了?

纪子　没有。

康一　真没有吗?

纪子　……

康一　你肯定没有吗?

纪子　没有。

| 之后大家就陷入了沉默。
　　尴尬的气氛——

志希　他爸,你不觉得冷吗?

周吉　唔……

志希　那咱去休息吧?

周吉　唔……

志希　那咱去休息吧?

周吉　嗯……休息吧……

| 周吉、志希无精打采地起身走了出去。

120　二楼

| 周吉、志希上了二楼，有气无力地坐到被褥上。

  志希　——还真是满不在乎呢……自个儿就决定了……

  周吉　唔……

  志希　——就好像自己一个人长大的……

  周吉　唔……

| 纪子上来。
 周吉与志希猛然闭嘴。
 纪子进了自己的房间，默然坐在梳妆台前，卸掉口红。

121　楼下房间

| 康一与史子一直坐在那里。

  史子　——喂，怎么办好呢？……这样行吗？

  康一　（不开心地）还能哪样！既然本人都这么说了。

  史子　但是，现在设法还来得及……

  康一　事已至此还说什么！本人心甘情愿，咱们又能做什么！

  史子　……

  康一　她那家伙就这么个脾气！

  史子　……

麦秋

122　第二天　傍中午　丸之内大厦

多美急急忙忙地赶来。
　　直接穿过车道，进入对面的大楼。

123　公司 办公室

| 随着敲门声响——女勤杂工走了进来。
　今天办公室内只有纪子一个人,佐竹不在。勤杂工将纸条递给纪子。

　　女勤杂工　有人找您,已经带去接待室了。
　　　　纪子　哦。
| 站了起来。

124　接待室

| 多美在等着纪子。
　纪子到来。

　　　　多美　啊,刚才谢谢你……
　　　　纪子　能找着座位坐下来还真是好呢。
　　　　多美　确实!要是一直站到秋田真要累坏了。鸿运当头呢,那孩子!
　　　　纪子　阿姨,您来是有什么事儿?
　　　　多美　是啊,刚才在上野停车场,实在太混乱了……
　　　　纪子　什么?
　　　　多美　周围乱哄哄的全是人,不是吗?在那种场合只怕说话都听不清,我刚才逛商场时还边走边想呢。

纪子　什么话呀？

多美　就昨晚的事儿……因为一切太顺利了嘛，就像做梦似的……我说，你爸爸妈妈都知道了吗？

纪子　嗯。

多美　那你哥哥呢？

纪子　也没问题——

多美　是吗？真的吗？

纪子　（点头）……

多美　是吗？啊，太好了，太好了。

纪子　不过，谦吉君他是怎么想的？

多美　谁？谦吉？

纪子　（点头）……

多美　简直不得了！那孩子昨晚兴奋得都睡不着觉了。半夜我们还一起吃饭了呢。

纪子　（微笑）是吗？

多美　托你的福，我会多活好多年呢。这下我可完全放心了！——（冷不防地）那我回去了。太好了，真是太好了。

说着转身就走。

纪子　啊，阿姨，回去要走这边哦。

多美　噢，走这边啊……啊，太好了，太好了。

说着走了出去。纪子目送她离开。

125　镰仓　间宫家　二楼

| 周吉在给金丝雀喂鸟食。

126　楼下房间

| 志希与史子正在絮夏季用的薄棉被。

志希　——史子,拽一拽那边……(然后又抱怨道)怎么能行呢,那样擅自决定……

史子　就是啊……再怎样也不至于嫁个带小孩的……

志希　是呢。她本人同意,我们也只能由着她,可总觉得怪可怜的……

史子　……

志希　——我吧,说实在的,打那孩子从女子学校毕业的时候开始,每当听到人们夸她漂亮时,我就想她将来会嫁到什么样的好人家呢,谁承想……

史子　(接过针穿上线)……

志希　你知道田园调布[1]的筱田家吧。

史子　嗯。(把针递过去)

志希　每当我去那府上拜访,总想着我们家纪子没准儿也会成为这样的时髦太太,住在有草坪的洋气的大

---

[1] 日本地名,位于东京都大田区,以高级住宅街闻名,也是日本政客等名人最集中的地方。

房子里，可如今……

史子 谁说不是呢……

志希 ——这样看来，还是经理先生给介绍的那位要好一些呢……

史子 倒也是啊……

志希 还真是捉摸不透啊。现在的年轻人……

|周吉从楼上下来。

志希 要出去？

周吉 唔，给金丝雀买鸟食。

|史子正欲站起来。

志希 你别起来了，史子。

|志希摁下史子，自己一个人送周吉出去。

127 玄关

|志希送周吉过来——

周吉 需要什么不？有没有想买的东西——？

志希 没有……路上小心。

周吉 唔。

|于是出门走了。

志希目送他离去，然后返回房间。

128　路上（铁路道口附近）

|周吉步履蹒跚地走来。

对面的平交道口降下栏杆。

周吉在旁边的石头上坐下来等着。
他不由自主地叹了口气。
电车轰然而过。
周吉却好像没有看到,只抬头望着天。
晴朗的天空上飘浮着朵朵白云。

129 东京 筑地"田村"的走廊上

女服务员端着酒壶过来。

130 绫的房间

绫和纪子正在聊天。

绫 这么说,你的终身大事已经定了?
纪子 嗯。
绫 还真是速战速决呢,什么时候出嫁?
纪子 等他再次从秋田回来吧。到时候再说。
绫 可真有主见啊。我总认为你这辈子是不可能离开东京的。
纪子 为什么?
绫 因为你这样的小姐,我总觉得应该成为这样的太太——庭院里种着花花草草,开着白花或者其他颜色的花；听着肖邦或者其他的什么乐曲；贴着瓷砖的大厨房里，放置着冰箱等家电，打开冰箱，里面摆放着可口可乐等各种饮料美食……

纪子　（笑起来）是吗？

绫　我应该会去找你玩吧？于是，看啊，在顶着彩色遮阳罩的阳台上，你穿着雪白的毛衣之类的漂亮衣服，逗着苏格兰小猎犬等宠物狗玩，隔着篱笆你用英文跟我打着招呼：Hello! How do you do?[1]……

纪子　不会吧！

绫　不，一直以来我就是这么认定的。知道秋田姑娘吧？

纪子　嗯。

绫　你可是要穿扎腿劳动裤的。

纪子　那就穿呗。

绫　啊哟啊哟好早哟，隔壁的阿姐，最近每天都是好天气呢，真是不错哟——这种方言你会说？

纪子　这都不会说可怎么得了哟，是不是呀？

绫　啊哟，我的天哪，这才从东京过来几天呀，就能说得这么溜了。总之阿姐，真是人不可貌相哎。

纪子　因为呀，俺是去秋田做媳妇的，不会说那里的话怎么行，你说呢？

---

1. 即"嗨，你好呀？"。

绫　你知道的还真不少呢!

纪子　咱们上学的时候,佐佐木说话不就是这个腔调吗?

绫　还真是——(转换话题)喂,你哥哥省二去苏门答腊之前,大家一起去城之岛玩过,还记得吧?莫非他就是那次见过的那位?

纪子　那次,他跟大家一起去的吧……

绫　你是不是那时就喜欢上他了?

纪子　哪有啊,那时还谈不上喜欢或者讨厌吧。

绫　那是从什么时候开始的?

纪子　什么时候呢……不知不觉的呢。

绫　是吗?——我一点儿也没察觉出来。

纪子　当然咯,我自己也是啊,根本没想到结婚呢。

绫　那怎么又下定决心了呢?

纪子　纯属偶然。

绫　纯属偶然?

纪子　有点儿不好表述呢……怎么说好呢……就好比一个西式裁缝,忘记剪刀放哪里了,四处找寻,就是找不到,其实就在眼前摆着嘛。

绫　唔,我妈妈经常会这样呢。明明戴着眼镜,还到处找眼镜呢。

纪子　概括起来一句话——

绫　怎么说?

纪子　因为太熟悉,反倒忽略了他的存在呢。

绫　那么,说到底你还是喜欢他!

纪子　也不是,说不上喜欢和讨厌哦。因为很早以前就知根知底,这个人值得托付,我就是这么想的。

绫　说到底这不就是喜欢吗!

纪子　不是的,不一样!他能令我打心底里产生安全感——你明白吗?

绫　不用诡辩啦!这正说明你喜欢他!

纪子　不是一码事!

绫　就是呢!你就是喜欢他!你爱上他了!爱得很深哟!

纪子　……或许吧……

绫　就是!——我要揍你!狠狠地揍你呢!

纪子　(笑起来)不要!你也会痛的!

绫　看招!

作势欲打。纪子笑着跑开。
这时信走了进来。

绫　妈妈来得正好,快拦住她!

信　做什么?——我说小绫,那东西在哪儿?

绫　什么东西?

信　喏,就前些日子的,那个——这样大的,见过吧,黄色的。——我确信搁那儿了,可就是找不着……

女服务员现身——

女服务员　老板娘，有人找……
信　哎，来啦来啦。

说着心神不定地走了出去。

纪子　这是在找什么呀？
绫　不知道，她总这样。还会回来的。——你说，她这是怎么啦？实际上，我很担心她，我是不会嫁人的……
纪子　话说，你这号人物应该招个上门女婿呢。
绫　才不要呢。现如今做上门女婿的哪有令人满意的。

信又心神不定地进来。
进来后便环视着房间，感觉在找什么东西，接着又出去了。

绫　你看吧，她总是要再来一遍呢。
纪子　（笑着）果然。
绫　话说回来，真为你高兴，能遇见那么中意的人。
纪子　——当然，我也想过今后会很辛苦……杂事缠身人就不自由了，成年累月地操心也不容易……还要刺啦刺啦地擦锅底，家务活儿会让皮肤变得粗黑呢。
绫　那么，经理先生介绍的亲事如何了？
纪子　已经谢绝了，今天早晨——

绫　他怎么说的？经理先生……

纪子　他笑话我是老旧的战后虚无颓废派呢。

绫　说得漂亮。——他来了呢，就在二楼。

纪子　是吗？

绫　那个人也在，真锅先生。——不去看一眼？从隔壁房间偷窥哟。怎么样？

纪子　不要。

绫　没关系的，这多有意思。挺帅的男人呢。（欲站起来）

纪子　还是别去啦。

绫　没事儿的。来，走吧！没关系！

纪子　不要吧！不看也罢！我不需要那么多夫君。

绫　痛快点！快，走吧走吧！嫌多的话我帮你收了！

一路推搡着纪子，二人走了出去。

131　走廊（楼梯下）

绫与纪子到来，恶作剧般地蹑手蹑脚登上二楼。

132　二楼走廊

绫与纪子，高抬脚轻落步……

133 夜 镰仓 间宫家 房间

已近十点。——老夫妻与康一沉浸于各自的思绪中，枯坐呆想。

  志希 （叹息一声）……就这么定了，真的好吗？
  康一 ……真是不省心呢。
  周吉 呃……能怎么办！
  志希 还是觉得她怪可怜的……
  康一 总之，我还是要再好好地问她一次。
  周吉 对啊，应该的。
  康一 那家伙，虽说已经定下，但没准儿会重新考虑一番呢。
  周吉 唔……

这时玄关门开了，
"我回来啦——"
纪子的声音响起。——周吉与志希马上站起来，默默地走了出去。
康一也起身来到书桌前。史子独自留在原地。
纪子进来。

  纪子 我回来了——有点儿晚了……
  史子 回来了。
  纪子 我顺路去看了绫。
  史子 哦。要吃饭吗？
  纪子 吃碗茶泡饭吧。

  史子 好的。(正欲起身)

  纪子 嫂子,你歇着吧。我自己来。

  史子 哎,都放在防蝇罩里,有炸牛肉薯饼……

  纪子 好的,辛苦了。

| 纪子走出去。
 康一始终没有回头,默默地坐在书桌前。
 史子也一直坐在火盆前,在炭灰中随意划拉着。

134 厨房

| 空气中莫名流淌着丝丝冷意,纪子淡然地吃着茶泡饭。

135 海岸

| 沙滩上的足迹伸向远方——纪子与史子走着。
 终于二人在沙丘上坐了下来——

  纪子 哎……大家是不是都因为他有孩子而担心呢?

  史子 那是自然啊。

  纪子 没事儿呢。有孩子也没关系。

  史子 可是,妈妈不这么想,她老人家总觉得你很可怜。昨天晚饭后,她还在厨房里抹眼泪呢……

  纪子 (委实心口有些难受。不过——)……我非常喜欢小孩子呢……

史子　可是父母不那么想呢。光子会慢慢长大吧,你也会生孩子……

纪子　没关系——这些我都认真考虑过了。我们一定会相处得很好。无论在哪里,这都是寻常事,我肯定能做好。

史子　但是……

纪子　没关系。放心吧,嫂子——(脸上浮现出微笑)我可是自信满满呢。

史子　是吗?——那就好……

纪子　再说我向来看得开,即便没有钱,我也不会像人们说的那般苦恼。不打紧呢。

史子　果真可以?

纪子　嗯。

史子　果真如此,那我就完全放心了。

纪子　(面带微笑)嫂子,说实在的,我并不太信任一个年满四十还优哉游哉独自生活的男人呢。有小孩的男人反而更值得托付呢。

史子　……了不起呀,纪子——

纪子　怎么说?

史子　我呀,当初可是什么都没考虑就嫁过来了……

| 说着站起来。纪子也跟着起身,一起向着海滨走去——

纪子　不过……我一旦嫁人，咱家可怎么办呢……

史子　你不必有什么挂碍。爸爸妈妈也只是关心你的终身幸福呢。不用担心哦。

纪子　但是……嫂子你今后的担子可重了，这么多家务事……

史子　没事儿，没什么大不了的。——不如比赛吧，从现在开始，我跟你。

纪子　比什么？

史子　比谁会过日子！——我可不会输给你哦。

纪子　我也不会输！

史子　可不能再吃咯，花式蛋糕。

纪子　理所当然喽，那么贵的玩意儿！……不过，若是有人送那就吃。

说着说着笑了，便跑起来。
然后在海边脱下凉鞋，光着脚丫。

纪子　嫂子！快来啊！舒服极了。

史子也跑过来，脱下木屐，打着赤脚。
伴随着愉快的笑声，姑嫂二人沿着海边，缓缓走着。

麦秋

136 东京 公司 办公室

纪子前来辞行。

  佐竹 是吗？真是个好消息——恭喜！

说着从座位上起身。

  纪子 这么长时间以来，您给予我很多关照，非常感谢……

  佐竹 哪里呀，我才经常受到你的照顾呢……叫上绫，咱们一起吃个便饭吧？你意下如何？

  纪子 呃……难得您这番盛情，但是……

  佐竹 明白了。——那么，好好珍惜你老公吧……

  纪子 （笑着点头）……

  佐竹 真锅那家伙，或许失望透顶了呢。啊，不说这些了，哈哈哈。——不过，换成是我的话你会不会考虑？若是我再年轻一些，而且单身……

  纪子 （笑起来）……

  佐竹 还是白搭？哈哈哈哈哈。

经理笑着走去窗边，眺望着窗外。

  佐竹 喂，好好看看吧。

  纪子 ——？

  佐竹 东京也很不错呢……

佐竹的背影，并用手捶打着腰部。

137 镰仓 间宫家 房间

以二老为中心，康一夫妇、纪子、孩子们按顺序排开——摄影师支好了三脚架，要为这一家子拍摄。

  摄影师 请大家看这边。
  史子 小勇，不要动来动去的。
  摄影师 准备好，要拍了啊。——老人家，请您再往这边点儿……好，开拍。

说着按下快门。

  康一 啊……
  志希 多谢了……

大家放松下来，正欲散去——

  纪子 摄影师先生，我想拜托您再拍一张。

然后，看向双亲的方向。

  纪子 请您单独为我爸爸妈妈拍一张……
  康一 啊，说得是。
  周吉 是吗？（回头瞅着志希）那咱拍吧——
  志希 好啊……

志希靠过来，老夫妇并排坐着。
摄影师蒙上相机罩，瞧了瞧——

  摄影师 二位，请保持微笑看好。

麦 秋

纪子　好般配呢，爸爸妈妈。
　　周吉　就别打趣我们咯。
　　志希　多少年没拍照了……
　　周吉　唔……

138　海滨波浪　夜

海浪哗啦哗啦，静静地涌上来，退下去……

139　夜　间宫家　房间

为纪子饯行的寿喜锅宴正在进行中。宴席即将结束，大家都放下了筷子，唯有小实还在吃着。

　　小实　（终于吃完了）我吃饱了！
说完放下筷子。

　　周吉　（笑着）真没少吃呢……
小勇忽然站了起来，迈开碎步向外走。

　　史子　小勇，要去哪儿？
　　小勇　拉屎——
这家伙似乎也吃撑了。大家都开心地笑着。
史子站起来跟了出去。

小实　吃饱了！

|随后跟着史子一起走了出去。

　于是房间静了下来——

康一　早知如此，就不安排矢部去秋田了。

纪子　可是，这样也好呢，哥哥。——正因为他要远行，我才下定决心的……

周吉　唉，三四年一晃就过去了。

康一　说的也是……时间飞快呢……

周吉　自从来到这里，已经过去十六个年头啦……

志希　是啊……记得是纪子小学毕业那年的春天吧……

周吉　是的，那时候她比小实就大一点点吧。

康一　我记得她那时还扎着个蝴蝶结，经常唱着"下雨啊月亮婆婆"之类的童谣呢。

志希　真是非常可爱呢。

|史子返回，坐在一边。

周吉　不说了……大家都长大了呢。——康一有什么打算？

康一　我还是想在这里开一家诊所。

志希　那你现在的工作怎么办？

康一　啊，我白天还在那边上班，这里只夜间营业……

志希　哦……

周吉　唉，虽然咱们各自分开生活，日后还会聚到一起

　　　　的。……虽说像现在这样一家子永远在一起才好……但这毕竟不现实啊……
康一　爸爸妈妈，还请二老时常从大和来这边看我们。
周吉　唔……
纪子　真是抱歉，都是因为我……
周吉　哪儿的话，并非因为你呢。这一天总会来的。
志希　纪子，照顾好自己的身体，秋田那边可是很冷的……
纪子　嗯……
周吉　啊，真在意的时候往往为时已晚……一定要当心，都好好的，大家还会欢聚一堂。

| 纪子点头，继而仰起了脸。眼中溢满泪水。
　终于忍不住，纪子忽地站起来，逃一般地出去了。

140　二楼

| 纪子来到，一个人小声抽泣着。

141　大和麦秋[1]

| 麦浪随风起伏，沙沙作响……

---

1. 指麦子成熟的季节，初夏时分。

142 大和旧居

| 挂在横梁上的灯笼、梭镖。
　房间宽敞,显得空落落的。一边,茂吉老人缩着肩膀,悠闲自得地吸着烟。周吉与志希坐在地炉[1]边,静静地喝着茶。

  周吉 (忽然注意到屋外,对志希)喂,快看那边,谁家的姑娘出嫁呢。

| 于是看过去——

143 麦田中间的小路上(远远地)

| 只有五位亲友伴行的新娘正走过麦田。

144 地炉边

| 一动不动眺望着的周吉与志希——

  志希 ——不知道会嫁去哪里呢……

  周吉 唔……

  志希 ——纪子,也不知道现在怎样了……

  周吉 唔……一家人就这么散开了……不过啊,我们已经

---

1. 日本农家取暖和烧煮用的炉子。

很不错啦……

志希 ……经历了那么多事情……活了这么长的时间……

周吉 唔……人的欲望是没有止境的呢……

志希 嗯……可是，我们真的幸福过呢……

周吉 唔……

145 麦田

| 六月的微风拂过，熟透了的麦穗沙沙作响——
现在的大和，正是麦子的收获季节。

—— 终 ——

茶泡饭之味

> 1952年（昭和二十七年）摄制
> 松竹大船制片厂
> 现存剧本、底片、拷贝
> 12卷，3156米（115分钟）黑白
> 1952年10月1日公映

职员表

制片　山本武（制作意图：试图描述夫妻之间爱情的理想状态）

编剧　野田高梧　小津安二郎

导演　小津安二郎

摄影　厚田雄春

美术　滨田辰雄

音乐　斋藤一郎

照明　高下逸男

录音　妹尾芳三郎

女佣富美	小园蓉子
良音	山本多美
平山定郎	笠智众
志希	望月优子
大川社长	石川欣一
西银座的女子	志贺直津子

出场人物

佐竹茂吉 —— 佐分利信
妙子 —— 木暮实千代
山内直亮 —— 柳永武郎
千鹤 —— 三宅邦子
节子 —— 津岛惠子
幸二 —— 设乐幸嗣
冈田登 —— 鹤田浩二
雨宫绫 —— 淡岛千景
东一郎 —— 十朱久雄
黑天高子 —— 上原叶子

1 三宅坂

五月的某个下午,微风吹拂,一辆豪华出租车飞快地奔驰着——

2 车内

车内坐着佐竹妙子(32岁)和她的侄女节子(21岁)。妙子一看就是有钱人家的太太,节子则是一个刚从学校毕业的开朗的小姐。

3 窗外

飞逝而去的护城河畔风光——

4 车内

妙子与节子——

妙子 谁主演的,那部电影?
节子 让·马莱。[1]——据说非常棒呢。姑妈你也去看

---

1. 让·马莱(Jean Marais,1913—1998),法国电影演员。主要作品有《白夜》《奥菲斯》《美女与野兽》等,曾荣获第18届(1993年)恺撒荣誉奖。

　　　　看吧?

　　妙子　今天不行。

　　节子　去嘛。好不好啊,姑妈?

　　妙子　算了,你自己去看吧。

　　节子　……(忽然将目光转向窗外)呀,那不是阿登!

妙子受到吸引也回头望去。

5　护城河畔的人行道

身穿西服的青年男子冈田登(昵称阿登,26岁)正悠然自得地走着——他的身影渐行渐远。

6　车内

两人重新转回头来——

　　节子　阿登是要去哪儿呢,这么悠然自得?

　　妙子　他那个人,一贯这样哟。阿登坐在云彩上[1]。——
　　　　(对司机)请在西银座 PX[2] 前面右转。——(对

---

1. 《阿登坐在云彩上》『ノンちゃん雲に乗る』是1951年出版的石井桃子的儿童文学作品,1955年拍摄成同名电影。1958年,儿童出版社出版了这部作品,书名中文译作《阿信坐在云彩上》。这里比喻冈田登悠闲的样子。
2. PX 是美军基地内的小卖部,此处指位于银座四丁目十字路口的和光百货,当时该处悬挂"TOKYO PX"的招牌,一直到1952年左右。

节子）你要不要下来？去绫那里坐会儿。来吧。

节子　好。

7　街道（从奔跑的车内看出去）

｜能看到对面 PX 的钟塔。

8　PX 的钟塔

｜隔着窗户看到的钟塔——

9　绫的店　二楼办公室

｜和妙子差不多年龄的女老板雨宫绫（31 岁），脖子上搭着卷尺，正干净利落地处理着工作。
　敲门声响起——

　　　绫　请进。

｜年轻的女店员 A 进来。

　　店员 A　这是花店送来的。（出示单据）
　　　绫　哦，付了吧。
　　店员 A　还有，佐竹夫人来了。

綾　哦。
店员A　是跟大矶的那位小姐一起来的……
綾　哦,是吗?

10　楼下店面

这是一家经营女士奢侈品以及服装布料之类的店铺。
妙子与节子正在欣赏香水等物品。

妙子　(对店员B)给我这个。——包起来吧。
店员B　好的。

然后妙子跟节子去往二楼,与店员A擦肩而过。

11　二楼办公室

两人走了进来。

妙子　你好。
綾　啊,你好。节子你好?
节子　您好。
綾　(对妙子说)前几日,结束之后你又去干什么了?
妙子　哪天?
綾　就是在新桥俱乐部吃饭那天。

妙子　哦,那天啊。结束之后,我跟节子往尾张町方向溜达了会儿。转到了歌舞伎剧院前,独幕剧正上演呢,便站着看了会儿。

绫　哦。(问节子)好看吗?

节子　(点点头)我还是头一遭站着观看。我们爬上了很高的台阶哟。总感觉,像是从上方往井里看呢。海老藏[1]看起来也就这么一丁点儿。——不过挺有趣的。

绫　是吗?那就好。——(对妙子)那地儿,去过没有?

妙子　哪儿?

绫　你瞧,不就是那个——嘎朗!哗啦哗啦!

节子　啊,弹子房?

绫　玩过没有?

节子　没有呢。

绫　你们去体验一次吧,非常好玩呢。

妙子　(严肃的表情,对节子说)不可以呀,那种玩意儿!

节子　可是,听着蛮好玩的,不是吗?(对绫说)是吧?带我去玩玩吧!

---

1. 著名歌舞伎演员,出身歌舞伎世家。该家族从江户时代初期开始,发展迄今已有300余年历史,至今已传承至13代。

妙子　不行不行，那玩意儿！不准碰那个哦！

绫　（笑起来）凶巴巴的姑妈——

妙子　节子这般年龄，不管做什么都会觉得有趣呢。

绫　是啊，现在可是最好的年龄呢。

节子　什么意思？

绫　等你嫁人后就明白了，生活一团糟呢。

节子　为什么？

绫　老公可是很凶的呀，他会从早到晚不停地牢骚抱怨。还想悠闲自得地玩弹子球？门儿都没有。

妙子　（嘲弄的表情）当真？

绫　可不是吗！非常烦人啊。——难道不是吗？节子，要不要续点咖啡？

节子　不用了。——（对妙子）喏，姑妈，我再不走可就来不及……

妙子　哦。那你路上当心。

绫　去哪儿呀？

节子　呃，随便走走……

绫　哪儿？

妙子　皮卡迪利[1]呗。

---

1. 指东京丸之内皮卡迪利（Piccadilly）广场。Piccadilly一词源于17世纪的英国，当时的一名裁缝因为制作销售一种很流行的Piccadilly衣领，而逐渐发家。此后，Piccadilly这个词在整个英国甚至世界逐渐有名。

绫　哦，是让·马莱主演的？——节子，你喜欢那种风格的男人？喜欢他哪里？他什么地方好呀？若把他的脸分成上下两半，喜欢上，还是下？

节子　我走了！再见！

绫　看完电影再过来啊，我请你吃好吃的。

节子　好啊。

| 节子离开后，两个人边喝着"COOL"之类的饮品边随意交谈——

妙子　天气真不错呢。

绫　嗯。——好想出去走走啊。

妙子　上哪儿？

绫　哪儿好呢……泡温泉——

妙子　哦，带住宿的？

绫　行啊，这个季节，正值新叶初生，漂亮得很。——去吧！

妙子　现在就去？

绫　你说呢？不行吗？

妙子　倒也不是不行……

绫　担心你老公？

妙子　唔，怎么说呢？

绫　什么意思？

妙子　总得有个由头——

绫　（稍微考虑了一下）就说参加老师的谢恩会，怎么样？

妙子　这个理由上次刚用过。

绫　（继续考虑）喂，干脆就说节子生病了。

妙子　怎么生的病？

绫　就说节子参加老师的谢恩会，去洗了温泉，然后，这可怜的孩子就病倒了呢。

妙子　那可不行哦，马上就会穿帮。

绫　没关系的，节子回头还要过来呢。我来跟她说。

妙子　那你把节子留在这里？

绫　是呀，权当去泡温泉了，在这里住一晚上吧。

妙子　噢。——你呀，脑瓜就是灵光。

绫　过奖了，也没你夸的那么聪明。

妙子　那么，我先跟我家那位打个招呼。

于是，妙子拿起旁边桌子上的电话开始拨号——

妙子　去哪儿洗温泉？——箱根？

绫　修善寺怎么样？

妙子　不错，那就修善寺——（好像对方接通了）啊，喂，喂，是东亚物产吧。请帮我转机械部佐竹。谢谢。——（问绫）现在去的话坐几点的火车？

绫　（看着时刻表）叫辆车，即使再去你家里转一圈，也能赶上四点十五分那班车呢。

妙子 （对电话说）喂，喂，是的……是的……啊，是啊……嗯？不用了，没事儿。……啊，好的，多谢……

│然后挂断电话。

绫 说什么？
妙子 他不在呢。说是刚刚和客人出去了。
绫 哦。
妙子 他会去哪里呢……

12　东亚物产办公室

│妙子的丈夫机械部部长佐竹茂吉的座位空着。
　正在办公的职员们——

13　透过那里的窗户——

│看到的市区风光——

14　酒馆的招牌"Echo"

茶泡饭之味

15　酒馆店内

冈田登正坐在吧台边的高椅子上喝着啤酒。

佐竹茂吉（42岁）到来。女服务员喊着"欢迎光临"迎上前来，茂吉对其打了声招呼，便坐到了冈田身边。

茂吉　等好久了？

冈田　没呢，也就三十分钟吧。——工作都处理完了？

茂吉　嗯。——（对调酒师）给我也拿杯啤酒吧。

调酒师　是。

茂吉　（对冈田）这次考试出的什么题？

冈田　杜勒斯[1]的财政理论——

茂吉　啊，似乎记得他提出过。你会吗？

冈田　马马虎虎吧。——知道 CPS 吧？

茂吉　全称是 Consumer Price Survey 吧，意思是消费者价格调查，对不对？

冈田　嗬，你很清楚啊！

茂吉　你做对了？

冈田　嗯。

茂吉　那没什么问题了？

冈田　我想大概可以的。

---

1. 指约翰·福斯特·杜勒斯（John Foster Dulles，1888—1959），1953年至1959年间担任美国国务卿。

茂吉　那就好，干杯吧。

| 冈田也举起了酒杯——

冈田　（总觉得没有自信）应该没啥问题吧……

茂吉　问我也不会知道的哟。

冈田　没问题！喂，应该没问题吧？

茂吉　我怎么知道，又不是我们公司招聘。

冈田　真冷漠啊。

茂吉　（微笑）若是通过了，马上给乡下的老人家知会一声吧。

冈田　嗯。

茂吉　多大岁数了？你妈妈——

冈田　63了。

茂吉　都这么大年纪了，时间过得可真快啊……中学时期，我常去你家找你哥哥玩……

冈田　自从哥哥战死，妈妈一下老了很多呢。

茂吉　是吗……（改变话题）啊，你新买了一件上好的西服吗？

冈田　是处理的，折旧品——

茂吉　不会有臭虫吧？

冈田　不会有的，那种东西。

茂吉　臭虫，你知道用英语怎么说吗？

冈田　呃……peanuts……

茂吉　那是花生。

冈田　是吗？哦，是的。

茂吉　（笑着）照这情形似乎我也不必做你的保证人咯。

冈田　不会的，没问题的。我肯定能通过。绝对的。——啊，今天很开心呀。

茂吉　现在可是最好的年华呢。

冈田　说得是啊。时令五月，吾辈正年轻！

然后，唱起了《阿尔特·海德堡》[1]的学生之歌（原声）。
茂吉也受到感染，不由自主地打着拍子，最终低声合唱起来。
一曲歌罢，干杯。

16　佐竹宅邸　走廊

时钟敲了八响——
女佣富美（21岁）端着托盘走来，托盘上放着盛有药片的小药瓶和水杯。
富美是一位淳朴可爱的年轻姑娘。

---

[1] 1901年由威廉·梅亚-法斯特（Wilhelm Meyer-Förster, 1862 — 1934）创作的音乐剧，后来改编成电影《学生王子》，轰动一时。

17　妙子的房间（西式房间）

|换上了家居服装的妙子，正悠闲地磨着指甲。
　敲门声响起——

　　　妙子　请进。
|富美进来，放下托盘便出去了，刚出去又立刻进来。

　　　富美　太太，先生回来啦。
　　　妙子　哦，知道了。
|妙子开心地起身出去。

18　走廊

|妙子去往玄关方向——

19　玄关

|妙子迎接茂吉归来。

　　　妙子　呀，你回来啦。
　　　茂吉　回来了——
　　　妙子　（殷勤地）今天有点儿晚啊，是有客人吗？
　　　茂吉　嗯。

妙子　我给你打过电话呢。

茂吉　是吗?

| 两人一边说着话，一边踏上通向二楼的楼梯。

20　二楼　茂吉的房间

| 刚来到房间——

茂吉　打电话是有什么事儿?

妙子　唔。

| 妙子回答得模棱两可，然后殷勤地帮茂吉更换衣服，同时说道——

妙子　你饿不饿?

茂吉　我吃完回来的。

妙子　很好吃哦，蛤蜊浓汤。——哎，你吃的什么?

茂吉　没什么……有客人来，我刚想出去，正好阿登来了呢。

妙子　哦。——老公，要洗澡吗?

茂吉　嗯。

妙子　这就去洗吗? 我等着你呢。

茂吉　什么呀，你先洗就是。

妙子　不嘛。——哎……有件事儿。

茂吉　嗯？

妙子　我吧……

说着说着，不由得娇滴滴起来，她碰了碰茂吉的肩膀。

茂吉　——什么事儿？

妙子　（轻轻地掸着茂吉肩膀上的灰）今天吧……我去绫的商店了。

茂吉　呃……

妙子　然后呢……你听说了吗？

茂吉　什么？

妙子　说是节子去修善寺了。

茂吉　没听说，我不知道。

妙子　是吧？我也不知道。

茂吉　对了，电话，有没有电话打过来呀？

妙子　没有，哪儿都没来电话。——后来才知道，说节子是去参加学校老师的谢恩会，不知怎么搞的，肚子突然痛起来了。

茂吉　谁啊？

妙子　节子呀。

茂吉　节子吗？

妙子　嗯。说是挺遭罪的，似乎痛得厉害呢。

茂吉　哪里痛？

妙子　肚子呢。

茂吉　该不会是盲肠炎吧?

妙子　哎呀,盲肠——可不得了,没事儿吧?

茂吉　盲肠炎不是大问题呢,只要及时治疗很快就好了。

妙子　可是我很担心呢。咱们撒手不管行吗,她自己在那边,肯定会心中不安的。

茂吉　也是。

妙子　那孩子,一向亲近我,肯定很想见我呢,真是可怜呀……

茂吉　是啊。那你就去看看她吧。

妙子　这样行吗?——家里这边呢?

茂吉　没什么不行的。时间还来得及吧?

妙子　来得及来得及,明天去就可以呢。那我就去了,明天。——她肯定会开心的。

茂吉　嗯。

| 这时,富美来到。

富美　大矶的那位小姐来了。

| 就连倒吸一口凉气的时间都没有,节子就出现了。

节子　晚上好。

妙子　(横下心来,语气不无夸张)哎哟,节子!这是怎么一回事儿啊?

节子　今晚住这里了,这么晚了呢。(转向茂吉)您好。

茂吉　（目瞪口呆状）你好。

妙子　你这是闹的哪一出！——太好了！刚才我还担心得不行呢。你不是去修善寺了吗？

节子　谁？

妙子　你肚子没事了？

节子　肚子？

妙子　已经好了吗？不疼了吗？不是说痛得厉害吗？害我非常担心！把我吓坏了呢！

节子　你说的谁啊，姑妈？

妙子　你呀！不就是你吗！真是奇怪了，不是你那会是谁呢——

| 妙子说着拽了一下节子然后离开。

节子　（跟着离开，一边说道）你在说什么呀？我们不是才刚见过面吗？

| 说着两人一起走了出去。

21　楼下

| 到了楼下，等节子来到跟前，妙子冷不防啪地拍了她一下。

妙子　你个蠢货！

节子　怎么啦？

妙子　你呀，笨死了！来得真是时候！

节子　到底怎么了？

妙子　你怎么不去绫那里！不是说好了吗！

说着继续拍打节子，然后气呼呼地走了。

节子呆若木鸡。

22　装有电话的走廊

妙子到来，拨打电话。

这时节子过来了。

妙子　（怒目而视）笨蛋！——（似乎对方接通电话了）啊，喂喂，是绫吗？节子来了呢，现在，她正在我家。——唔，可不是吗……唔，糟透了！——呃？……是吗……唔……唔……让谁生病？——欸？……欸？

节子　姑妈，是谁身体不好？

妙子　（怒目而视）去一边待着！烦着呢！——（然后对着电话）不是，不是说你啦。这边的事情。——欸？谁？——哦，是吗，高子？那就定了，高子。那样一来就没问题了。喂喂，啊，在通话，占线呢……

23　东海道线

| 飞速行进的湘南电车——

24　二等车厢里

| 妙子与绫,以及另外一位,相同年龄的黑田高子(31岁)——
节子一个人坐在旁边的座位上。

  妙子　天气真好……
  高子　神清气爽啊……

| 她打开便携式收音机的开关,轻快的舞曲流淌出来。
高子用脚打着拍子。

  绫　你多少安静点儿不行啊!你可是盲肠病人呢——
  高子　啊,是的。是是。
  妙子　不能吃东西!——(将高子的点心取过来)拿着,
    节子——

| 说着递过去。节子笑嘻嘻地接过,一个人吃了起来。

25　夜晚的修善寺

26　旅馆内的一个房间

栏杆上搭着毛巾,手提包随意丢放,不时传来清脆的笑声,几个人都套着宽袖棉袍,轻松地休憩。
桌子上放着两把酒壶——

高子　这酒非常好喝。

绫　嗯,是挺好喝的。

妙子　(拿起酒壶)喝吗?

高子　嗯。(接受斟酒)

绫　不过,不能多喝呀,你可是盲肠病人呢——

高子　饶了我吧,盲肠盲肠说个不停——不知怎么啦,刚才真的感觉这一块儿不舒服呢。

绫　真的?

高子　总觉得针扎似的……

绫　好极了!(对妙子)此乃神助也。就要痛起来……

妙子　是哦,一切都在计划中呢。这下放心了——(又拿起酒壶)怎么样,要不要再痛一点儿?

高子　嗯。(接受)啊,痛死了,痛死了(说着喝了下去)。——喏,你家那位完全不知道我们在演戏吗?

妙子　呃,虽然有点儿悬……不过,他要是明白的话我反而感谢他呢。——也就这样方便呢,毕竟大大咧唎的不走心。——但平时真看不惯他。

高子　方便出来玩啊。

绫　他反应有点儿迟钝吧，虽然这么说不厚道。

妙子　的确是。他就是反应迟钝。钝感先生哟。

高子　钝感先生？

绫　你说得太形象了。

高子　（取过酒壶）喝一杯？节子——（边斟着酒）这些话可不能跟你姑父说哦。

绫　真的呢。

节子　嗯，放心吧。——不过，幸好由阿姨替我得盲肠炎。

高子　说得是呀。但是下次就轮到你上场了。

这时角落里的电话铃声响了起来。
绫接电话。

绫　是，是。啊，好的，请稍等一下。——（对妙子）东京打来的。

"哦，好的"，妙子接过话筒。

妙子　喂，谁呀？——啊，富美？先生回来了？请他接电话。

妙子回头看向众人。

妙子　他在家哦，钝感先生。——（对着电话）喂，我五点左右就到了呢，在修善寺。——高子果然是盲肠炎。——嗯，刚才她还痛得叫苦连天呢，不过总算平静下来了。现在，她睡得正香呢……嗯，好像不需要做手术呢。——嗯……嗯……大概明天就回去了，不过，或许要很晚才能到家……嗯，那晚安。再见。

| 然后挂了电话，吐了下舌头。

  妙子 要壶酒吧？
  高子 嗯。
  妙子 喂喂，送壶酒来。——啊呀，你怎么还没挂电话呢？——晚安。保重！

| 挂掉，然后重新拨打。

  妙子 喂喂，东京的打完了……嗯。给送壶酒来，烫一下。

| 然后返回席位。

  绫 真是好手段啊。
  高子 轻车熟路嘛。
  妙子 啊呸。——节子，可不能说哦，管好嘴巴。——（拿起酒壶）要不要喝？热乎乎的，马上送过来了。
  绫 我说，咱们玩点啥吧？
  高子 什么好呢？

| 这时,绫唱起了从前的少女歌剧[1]中的歌曲。

  妙子 啊,那时我经常去看呢,从中午开始逃学。你不也经常去吗?

  高子 嗯。

| 高子也唱起来,妙子也唱起来,于是变成了合唱。房间里洋溢着愉悦的气氛。
这时,大家忽然发现,节子软绵绵地耷拉着脑袋。

  高子 怎么回事儿?节子——

  妙子 你这是怎么了?节子——

  节子 ……有些不舒服呢……

| 说着,她摇摇晃晃地站起来,皱着眉头,脑袋靠在隔扇上。

   绫 你没事儿吧?节子——

| 节子脚步蹒跚地走了出去。
三个人面面相觑,起身跟了出去。

27 当晚 佐竹宅邸 茂吉的房间

| 茂吉一个人正在查资料。
富美进来。

---

1. 指年轻女性出演的大众音乐剧,始于明治末年。

富美　先生,要给你铺被褥吗?

茂吉　哦。——你们先去睡吧。太太大概要明天回来。

富美　好的。

| 茂吉继续查资料。富美去了隔壁房间,开始铺被褥。

茂吉　(边继续工作)富美,你哥哥参加预备队的考试通过了没有?

富美　(铺着被褥)嗯,托您的福,听他说通过了……

茂吉　是吗?那太好了。他去哪里?

富美　说是去仙台。

茂吉　若你哥哥走了,那你父母就不方便了吧?

富美　这个嘛……不过我还有一个大哥呢……

茂吉　那位哥哥做什么呢?

富美　他是小学教师。

茂吉　是吗?那你爸爸妈妈没什么顾虑啊。——不错啊,大家都健健康康的,这比什么都好。

富美　托您的福呢……呃,我给您冲杯红茶吧?

茂吉　不用了不用了。快去睡吧。

富美　是。晚安。

茂吉　晚安。

| 富美走了出去。茂吉继续查资料。

28　温泉 浴池

映着朝阳，水面波光粼粼。
池子里一个人也没有。

29　栏杆上搭着毛巾——

30　走廊

节子出神地盯着下面的水池。

31　水池

成群的鲤鱼——

32　房间

三位女士，吃罢早饭，正在看报纸。

    绫　可惜错过了这场比赛。竟然打出了四个全垒打。
    高子　嗯。小鹤果然打得精彩……我也喜欢呢，真是扭转

　　　　　乾坤的满垒啊。

　　妙子　（突然移开视线）你怎么了？节子——
　　节子　……还是有些头痛……
　　妙子　喝点儿酒就舒服了。
　　高子　你还让她喝酒，强人所难吧。
　　妙子　那就不要喝喽，酒水之类的。
　　绫　　说些什么呀，不负责任的姑妈——
｜绫起身走到节子身旁，忽然她看向下方的水池。

　　绫　　啊，有鱼有鱼！有好多鱼啊！

33　水池

｜大大小小的绯鲤和真鲤游来游去。

34　房间

｜绫看得出神。

　　绫　　啊！那个那个！——（冲着室内方向）快来看呀！
　　高子　什么？
　　绫　　来呀来呀！
｜高子与妙子，起身过来。

妙子　看什么呀？

绫　（用手指着）你瞧，那条那条！

妙子　怎么了？

绫　这条这条！这条黑色的！像不像？那谁家先生……那条那条！那条大的，动作迟钝，慢吞吞的。

高子　哎哟，真不厚道，竟然说这种话。

绫　不过，带那么点儿感觉，对不对？

高子　（对妙子）才不像呢，对吧？

妙子　事后献殷勤，要不得哟。——是这条吧？这条这条，神似呢！

节子　像谁？姑父吗？

绫　有必要说这么清楚吗！

妙子　（望着鲤鱼）早上好，钝感先生——

然后她回到房间，取了些桌子上的碎年糕返回来，给鲤鱼投食。

妙子　吃吧，钝感先生……钝感先生，吃吧……

高子　哎呀！都让其他的吃掉了！

妙子　（继续投食）吃吧！——吃吧！

绫　啊，又被抢走了！

妙子　真迟钝啊！不管了！

节子　姑父竟连一口都没吃到呢。真可怜啊！

妙子　（望向鲤鱼）喂！你去了公司肚子饿了我可不管哦！

绫　（也对着鲤鱼）哎，老公，你的皮包呢？不带着吗？

高子　还是带着吧。节子，快把先生的皮包拿来。

节子　富美，姑父的提包——

绫　哎呀呀，头发怎么又乱蓬蓬的——

高子　今天下班回家时顺便去下理发店吧。

妙子　（叹了口气）够了够了！（打不起精神来）

绫　这种时候，我舒坦多了，毕竟没有秃顶的鲤鱼。

高子　快看，这条这条！这条浅绿的……又瘦又长……像不像我家那位？

绫　嗯，还真有点儿感觉呢。

高子　早上好，蒙·布奇·谢尔[1]，（送了一个飞吻）我说，你跑那边游泳，万一感冒可就不好了哟。

妙子　他现在在哪儿？你家先生——

高子　又回巴黎了。前些时日他去了里昂。

妙子　我家那位，会不会也去哪儿呢……很远的地方。

高子　你所谓的很远，是指哪儿？

妙子　哪儿都行呀，我看不到的地方。

绫　又来了，又来了！妙子的癔症……真是反复无常啊……

| 绫说完折回屋内。高子也跟着回去。

---

1. 原文为法语，应是高子丈夫的名字。

走廊上只剩下妙子和节子。

  绫 天气真好哇……
  高子 今晚还住这里吧。
  绫 我没问题哟，星期二之前回去就行。
  高子 星期二有事儿？
  绫 看棒球赛呢，在后乐园[1]。——妙子，你意下如何？

| 妙子不吱声，默默地望着外面。

35 外景

| 对面山上，白云悠悠。

36 后乐园体育场

| 职业棒球赛进行到高潮时分。

---

1. 日本三大名园之一，位于日本南部的冈山市近郊，和水户偕乐园、金泽兼六园并称为日本三大名园。据说后乐园的名字缘于范仲淹的名句"先天下之忧而忧，后天下之乐而乐"。

37　外场的看台上旗帜飞扬——

38　内场的看台

│绫、妙子以及高子三人——

 播报音　下一位上场的是××号击球员,目前为止打率[1]为×成×分×厘——二垒打×个、三垒打×个……

│场上响起了掌声。

39　运动场上

│击球员站立。

40　看台

│高子移动着小型望远镜观看比赛,但是,总觉得她是在环视看台。

 高子　快看!(对着绫)他来了呀,你家那位。

---

1. 棒球安打对全部击球数的比率。

 于是，绫和妙子一齐扭头向看台上方望过去。

   绫 哎呀，果然是他！

41 看台上方

 绫的丈夫雨宫东一郎（45岁）立在那里。

42 看台

 绫神情异样——

   绫 今天，他没说要来看棒球赛嘛……
  妙子 他一个人？
   绫 好像是吧……不过，真奇怪啊。
  高子 怎么了？
   绫 他并不怎么喜欢棒球呢……

43 看台上方

 雨宫拿出一支烟，找打火机。

   绫 啊，他拿出烟了……在找火柴吧……

| 这时,雨官越过两三层席位,靠近某个女子。女子回头亲热地迎接他。

  绫 啊,有了有了!

44 看台

| 三个人——

  妙子 她是哪儿的?
  高子 新桥?
  绫 不像呢。
  高子 赤坂?
  绫 不对,像是西银座的。
  妙子 西银座?
  绫 我家那位,常去的那家酒吧。——多半是她呢。

45 看台上方

| 雨官和那位女子并排站着,用手杖支着下巴。

46 看台

| 三个人——

  高子 人还挺漂亮的,对吧?——你气色可不怎么好呀。
   绫 胡说!
  妙子 哎呀,吃醋了!
   绫 岂有此理!

47 看台上方

| 雨宫接过女子递来的口香糖,放进了嘴里。

48 看台

| 三个人——

  高子 关系相当亲密啊。
  妙子 你不生气吗?
   绫 不气哟。
  高子 真厉害呀……
   绫 真会找地方!不如买东西去呢!
  高子 就买上次看过的结城丝绸吧。

49　看台上方

| 雨官与女子——

50　看台

　　妙子　你家那位，尽管在看，但对这种高贵的棒球运动，像是一无所知呢。
　　　绫　我也爱莫能助哟。
　　高子　不会做蠢事吧，可惜了。
| ……

51　看台上方

| 雨官与女子——

52　运动场上

| 攻守交换时间。

　　播报音　现在播报呼叫信息。目白的佐竹妙子女士，佐竹妙子女士，请您马上回府。

53　看台

|三个人面面相觑——

　　妙子　这是怎么啦?
　　　绫　什么事儿?
　　妙子　发生什么事了?
　　播报音　接下来上场的是××号击球员,目前为止打率是×成×分×厘——二垒打×个,本垒打×个……

54　球场风光

55　从汽车里看到的市区风光

56　佐竹宅邸　走廊

|富美往玄关方向急匆匆地走着。

57 玄关

| 富美迎接归来的妙子。

  富美　您回来了。
| 勤杂工良音（32岁）也迎了出来。

  良音　您回来了。
  妙子　怎么了，有急事儿?
  富美　那个……大矶的小姐来了。
  妙子　（不痛快地）就为这事儿打电话?
  富美　是，小姐打的电话。
| 妙子去了里屋。

58 妙子的房间

| 节子正在等她。妙子到来。

  节子　啊，回来了——给您请安。
  妙子　怎么了? 节子——
  节子　呃，有点儿麻烦……
  妙子　什么事儿?——吓出一身汗。那么大的动静呼叫我……（打开门）富美啊，拿点什么冷饮过来——

节子　上次多谢您了……

妙子　什么呀?

节子　修善寺……

妙子　什么事儿? 这么急火火的——

节子　姑妈,您没听说?

妙子　什么?

节子　妈妈让我去相亲呢。

妙子　我还以为怎么啦,就这点事儿? 照着做就是咯。

节子　不要! 真是讨厌。相亲什么的,一边去吧。

妙子　胡说! 要去呢! 不去不行!

节子　那么,姑妈您是赞成了?

妙子　当然咯!

节子　不要! 欺负人! 讨厌这种事儿!

妙子　可是,你也不能一直这样逛来逛去的呢。你说你都多大了?

节子　周岁才21,虚岁23。

说着话她嗖地站起来然后坐到另一张椅子上。

节子　我暂时还不想结婚呢! 更不要相亲!

妙子　净说胡话!

节子　姑妈您自己又怎样? 还不是那样吗?

妙子　我怎么了?

节子　您觉得幸福吗?

妙子　我很幸福哦。

节子　撒谎！您并不幸福！一看就知道！——我听妈妈说了呢，姑妈您就是相亲结婚的。

妙子　所以呢，你究竟想表达什么？

节子　所以啊，姑妈您和姑父才合不来呢。

妙子　哪方面儿？

节子　多方面儿。

妙子　我们合得来！

节子　哪里合得来！那您说，为什么要瞒着姑父，去修善寺玩呢？

妙子　因为想去啊！你不是也跟着去了吗！

节子　既然如此，为什么不照直说呢？

妙子　你不懂的！你还是个孩子呢——

节子　如果是这样，那我非常讨厌大人！黑乎乎、慢吞吞的大鲤鱼，怎么会是姑父！姑父还真是可怜啊！

妙子　多管闲事！以后再不带你玩了！

节子　那就不去！我要是结婚了绝对不说丈夫坏话！我也不会跟这种人结婚！我自己找！相亲要多讨厌有多讨厌！

| 敲门声传来——
| 富美端着橘子汁进来。放下后便出去了。

妙子　你可真是不省心啊……

| 节子扭头看向别处。

妙子　不用多久你会懂的。

节子　我不想懂呢。当着人面,我绝对不会称呼自己的丈夫为"钝感先生"——

59　东亚物产办公室

茂吉正在办公。
女勤杂工进来。

勤杂工　打扰了，社长找您。

茂吉　找我吗？

勤杂工　是的。

茂吉站起身，去往社长办公室。他敲了敲门，听到回应后进入房间。

60　社长办公室

茂吉进屋后，看到了前来访问社长（65岁）的妙子的父亲——山内直亮（67岁）。

直亮是一位颇具风度的老绅士。

茂吉　啊，您老来了。久疏问候。

直亮　噢。

茂吉　（对社长）有何吩咐——？

社长　嗯，因为你岳父来了——坐下说吧。

茂吉　是。（依然站着）

直亮　我找大川君（社长）谈点事情。——你是不是很忙啊？

茂吉　还行。

直亮　近来行情怎么样呢——

茂吉　啊，我估计目前的胶着状态怕是要持续到今年秋季前后吧。

直亮　这样啊。

| 敲门声。女勤杂工进来。

勤杂工　佐竹先生,有人求见。
茂吉　找我的?
勤杂工　是的。
茂吉　那我过去看看——失陪了。
直亮　去吧。——对了,你能否转告妙子,叫她回大矶一趟?
茂吉　好的。——(对社长)我先告退了。
社长　去吧。

| 茂吉出来。

社长　过几天,我想安排佐竹君到国外去一趟呢。
直亮　哦。

61　接待室

| 冈田在等着他。
茂吉进屋。

茂吉　哟。
冈田　您好。

茂吉　什么事儿?
冈田　我通过了呢。
茂吉　是吗? 恭喜你。太好了!
冈田　还要拜托您当保证人。
茂吉　哦,没问题。
冈田　今天您忙吗?
茂吉　干什么?
冈田　庆祝我就职啊。
茂吉　要我请客吗?
冈田　哪能呢,我做东请您赏光。
茂吉　吓我一跳。
冈田　今天交给我安排吧。
茂吉　吃什么?
冈田　在我住所附近,有一家非常好吃的炸猪排店呢。这么大一盘,特别实惠。
茂吉　那么,你五点左右再过来,行吗?
冈田　好的。到时我在大门口候着您。
茂吉　嗯。

62　夜晚　炸猪排店的招牌

63 夜色中的城郊（透过炸猪排店的玻璃窗看到的）

| 能看见斜对面的弹子房。

64 弹子房

| 响声不断：嘎巴！叮当！哗啦哗啦！等等——
  茂吉与冈田正在玩。

  冈田 喂，是不是非常好吃？那家的炸猪排——
  茂吉 嗯，味道不错。吃得饱饱的。
  冈田 他家的天津盖饭也是一绝哦。
  茂吉 是吗？
  冈田 要吃不？
  茂吉 不啦，已经吃撑了。

| "喂——七号出不来啦！"对面的顾客大声喊道。

  冈田 不会到我这里来吧？（刚说完，弹珠哗啦哗啦出来了）
  茂吉 出来这么多啊。
  冈田 不能太用力弹的。——喂，您不到我这边来？
  茂吉 今天就到此为止吧。
  冈田 您这么怕你家太太吗？
  茂吉 倒不是怕……（突然弹珠进去了）啊，你看，弹进去了。

冈田　是的。

茂吉　（可是弹珠没出来）不出来呢？

冈田　没出来吗？——（他走过来拍打着机器）喂，十六号出不来啦！（继续拍打）

这时，弹子房老板平山（42岁）从机器上方探出头来。

平山　请不要拍打哟！

冈田　就是出不来，这不是没办法吗！

平山　即使拍打也出不来啊！哪个洞？

茂吉　（从旁插话）就这个呢。

平山　（目光转向茂吉，眼神倏地变亮）啊！班长！

茂吉　（看过去）噢，怎么是你！

平山　（哗啦哗啦取出弹珠）可真是的……竟然是班长您呢！……呀，真对不住……

茂吉　哎，好久没见了。

平山　请进……请到里屋小坐……

茂吉　这个……

平山　请吧请吧。

说完，他便穿过对面的弹子机往里屋走去。

冈田　他是谁？

茂吉　在部队当兵时，和我同一小队的战友。

冈田　噢。

| 这时平山趿拉着木屐出来。

　　　平山　请吧，里面请。
　　　茂吉　好的。
　　　平山　（对着冈田）您也请进，请……
| 于是领他俩去里屋。

65　里面的小客厅

| 平山带着两人进来。

　　　平山　上来坐吧，请。
　　　茂吉　好的。——真是好久没见面了。
　　　平山　可不是吗！班长您可是一点儿没变呢。
　　　茂吉　你也没变呀。健健康康的，这就好。
　　　平山　哎，不中用了。毕竟上岁数了。
| 这时，平山的老婆志希（30岁）将备好的酒（烧酒）端了上来。

　　　志希　当家的，有点事儿……
　　　平山　呃？——哦，好了好了，就那样吧。——（然后介绍道）这是我媳妇。（对志希说）多蒙这位关照呢。
　　　志希　感谢您诸多关照。

茂吉　哪里呀，我也承蒙关照。

志希对平山附耳低语几句，平山"嗯，嗯"应着，不住点头。看起来他们夫妻间关系非常融洽。

然后志希出去了。

平山　（边喝着酒）对了，前些日子，在涩谷车站，没想到遇见了高桥呢。

茂吉　是吗？我前几天也碰见藤田了，在银座。

平山　嗬，藤田也到东京来了呀？

茂吉　嗯，听说在三河岛从事汽车修理呢。

平山　是吗？——来，再喝一杯。

茂吉　好——（干杯）真没想到今晚会遇见你呢。

平山　可不是！我大约一年半前开始做这个营生的。——（对冈田）刚才，多亏您拍机器我才能见着班长呢。

冈田　呀，实在对不住了。

平山　哪里哪里，没关系的。——太好了！真的，太好了！

茂吉　怎么样？生意很兴隆吧？

平山　唉，马马虎虎吧。——不过，我琢磨着，这生意迟早会不行的，毕竟这不是正当营生啊。

茂吉　可我玩了一下，觉得很有意思呢。

平山　是吗？您时不时地玩这个吗？

茂吉　这倒没有，今天第一次玩。

平山　（对冈田）您呢？

冈田　我经常玩儿。

平山　这样不行啊……唉，别玩了。这种东西大肆流行可不是什么好苗头。我很懊悔呢。（对冈田）来，喝一个。（敬酒）

冈田　好的。（接受斟酒）

茂吉　不过，这行业方兴未艾呢，也的确有趣。

平山　是吗？一旦被这种东西吸引就糟了……这玩意儿大行其道，社会可就完蛋了。挺没劲的。

茂田　说得也是啊。

平山　不行啊。——（干杯）不过，那时的我们还挺快乐呢，在新加坡……

茂吉　是啊。——可是，我再也不想打仗了，打心底厌恶。

平山　同感！我也厌恶战争，真心不想呢。——不过，现在的北桥[1]，也不知变成什么样了。

茂吉　是啊，变成什么样了呢？

平山　椰子树林，美极了……

茂吉　嗯，天空那么澄澈，每到夜晚，星星那么亮……

平山　正是！正是！那颗星，南十字星座！真美啊！真的很美啊！

---

1. 第二次世界大战时日本占领新加坡，曾驻军北桥一带。新加坡现在仍有北桥码头、北桥花园等地名，佛牙寺龙华院位于北桥中心。

| 平山感慨不已，不由得闭上眼睛唱了起来。
　……

66　店内

| 窗帘闭拢，店内已空无一人——只有平山的歌声在屋里回荡。

67　大矶海滨

| 潮起潮落——

68　山内宅邸　庭院

| 戴着遮阳的木纸帽，直亮正和学生一起修剪草坪。他脚穿白色的短布袜。
孙子幸二（6岁）在走廊上招呼他。

　　幸二　爷爷！东京的姑妈来了……
　　直亮　知道了。
　　幸二　快来呀！来呀！
　　直亮　啊，马上去。
| 幸二招了招手便返回里屋。

69 室内

│回来探亲的妙子正和嫂子千鹤（42岁）说着话。

  妙子 ——男方的情况怎么样啊？

  千鹤 是爸爸在瑞典期间的秘书的儿子——

  妙子 哦。

│幸二过来。

  幸二 我说过喽。

  千鹤 谢谢。

│幸二便在套廊上翻看连环画。

  妙子 嫂子你见过他了吗？

  千鹤 不，没有。——不过，你哥好像见过他，说是他低年级的校友呢，庆应大学的。

  妙子 哦。

│直亮到来。

  直亮 哟，来了。

  妙子 给您请安。

  千鹤 我正在交代节子的事情呢。

  直亮 噢，你去操办吧。是在东剧[1]吗？

---

1. 东剧剧场，始建于1911年，是日本第一家西洋风格的剧场，是东京乃至全日本最具代表性的艺术表演舞台之一。

千鹤　不是，是歌舞伎呢。

直亮　哦，是吗？——（对妙子）对了，已经送过去了，按照惯例。

妙子　谢谢……

直亮　不要乱花钱哦，毕竟茂吉也不容易。

妙子　（态度稍变）我并没有乱花呢。

直亮　哦，那就好，哈哈哈哈。

妙子　什么呀……

直亮笑着走出去，幸二跟随其后。

千鹤　那么，妙子，你这个周日有时间吗？

妙子　我没问题。——可是嫂子，节子她同意了吗？相亲——

千鹤　嗯，昨天晚上好不容易说通了。

妙子　是哥哥劝说的？

千鹤　嗯。——起初，无论怎么说死活不同意，最终把他惹火了……

妙子　是吗？不过她答应了就好啊。

千鹤　唉，勉勉强强的……

妙子　（微笑着）喏，还不是跟我当初一样吗？不过，那时虽说是爸爸……

千鹤　你可是一直在哭呢，那个时候……

妙子　有这回事儿吗……节子情形如何？

千鹤　扭头就走，进了房间就再没出来。然后，今天早上早早起来，不知道去哪儿了……不省心的孩子啊。

妙子　跟我们那个时代，大不相同了……

千鹤　是哦。——她可是读了大量的翻译作品呢。最近，我也翻阅了一下，被吓着了。真是不得了啊，现在的书……

妙子深有同感地点了点头。

70　歌舞伎剧院的宣传画看板

71　观众席（眺望台）

演出进行中。
前来相亲的那位男青年与陪同的太太等人在观看表演。
邻座上只有妙子一人——妙子总觉得心神不宁，打了个招呼便离开了。

72　走廊

妙子出来，她看到站在对面的千鹤，正在找人的样子。
走近跟前——

妙子　嫂子——

千鹤　——？

妙子　节子在吗？

千鹤　不在……

妙子　没在洗手间？

千鹤　也不在呢。

妙子　她会去哪儿呢？

千鹤　该不会……

妙子　会不会在餐厅啊？

千鹤　啊，是啊。

妙子　过去看看吧。

| 于是，两个人急匆匆地上了台阶。

73　佐竹宅邸　茂吉的房间

| 茂吉在冈田的保证人证书上签字，然后盖章——

茂吉　拿去吧。

| 将证书递给一旁候着的冈田。

冈田　多谢。我不会给您惹麻烦的。

茂吉　（笑起来）一旦惹了麻烦我可承受不起呢。

冈田　您放心吧。——喂，不出去吗？

茂吉　唔。

冈田　天气这么好，心情也不错。一起去吧。

茂吉　你都去过好多次了吧？

冈田　嗯。特别起劲。看自己下注的那个咚咚地跑着，然后到了最后一圈，突然超出的时候，真是激动啊。

茂吉　这跟原来的自行车赛有什么不同吗？

冈田　就是那个哟。但比原来的更爽快、更刺激呢。我说，一起去吧。

茂吉　那就去看看吧……（说着起身）

冈田　这就对了，走吧。非常有趣，绝对的。玩玩弹子球之类的不碍事的呀。

茂吉　（开始换衣服）唔……不过弹子球游戏也会上瘾啊。

冈田　是吗？

茂吉　也就是……怎么说好呢……虽说处身于大庭广众之下，其实是进入了忘我之境。简简单单地营造出一个人的独处空间。那里唯有自己和弹珠，远离人世间的一切烦忧，只是噼里啪啦地弹着。弹珠就是自己，自己也是弹珠。这是纯粹意义上的孤独呢。但魅力也正在于此吧——所谓幸福的孤独感。

冈田　是这么个理儿。那自行车赛就更胜一筹咯。因为是弹子珠骑在自行车上啊。光是看着周围的人就很带劲呢。正是人生的缩影啊。

| 茂吉换好了衣服,"喂,富美",他叫着富美,撇下冈田去往楼下。

74 楼下

| 茂吉到了楼下,正喊着"富美",突然注意到旁边的房间。

  茂吉 哟,你什么时间来的?

75 房间

| 节子笑嘻嘻地看着他。

  节子 我刚过来呢——
| 茂吉刚进入房间,富美也来了。

  富美 有什么事儿?
  茂吉 嗯,我出去一下。
  富美 好的。
| 然后离开。

  茂吉 节子,你今天不是相亲吗?怎么没去歌舞伎剧院?
  节子 去过了。不过,就像去洗手间似的,打了个照面马

上就离开了。

茂吉　也没跟妈妈还有姑妈打个招呼？

节子　是呀。

茂吉　这怎么行啊。她们还在那里找你呢。

节子　随便吧。

茂吉　不妥。这样可不行。

节子　可是我不喜欢呀，那种事。相亲之类的纯属陋习。

茂吉　即使是陋习也没办法呀。你这么做不对，快回去吧。

节子　不去！

茂吉　大家都在找你呢。

节子　不去！

茂吉　快去！（说着攥住她的手）

节子　不去！（甩开他）

茂吉　不行，不去不行。来，走吧。

节子　不去！

| 冈田到来。

节子　啊，你好。——（问茂吉）你们要出去吗？

茂吉　嗯。——（对节子）走吧，我送你去。

冈田　这要去哪儿？

茂吉　歌舞伎剧院。

冈田　好地方啊。

　　　　茂吉　（对节子）走吧！快点儿！走啦！

说完走出去。冈田也出去了。
　节子没办法，跟着出去。

76　自行车赛场

竞赛间歇。
　情景展示——

77　看台

茂吉与冈田边吸烟边闲聊。

　　　　冈田　节子小姐的对象，是个怎样的人？
　　　　茂吉　哎，不知道呢。我没见过他。
　　　　冈田　她是觉得相亲难为情吧？
　　　　茂吉　唔。话说，现在的年轻人认为这事儿很丢人吗？
　　　　冈田　你怎么看呢？
　　　　茂吉　也是，是有些难为情。
　　　　冈田　就是啊。换成是我也会难为情啊。

两个人正悠闲地交谈着，这时——
　"姑父！"传来一声喊叫，两人一起转过头去。
　只见节子笑嘻嘻地从看台上下来。

茶泡饭之味 333

节子　让我好一通找!

　　茂吉　(呆呆的)这怎么回事儿?

　　节子　呵呵,我又回来啦。

　　茂吉　怎么又回来了!这怎么行!不关我事儿!

　　节子　得了吧。——啊,开始了!

于是,茂吉和冈田不由自主地将目光投向倾斜跑道。

78　倾斜跑道

声势浩大的自行车竞赛开始了——

79　看台

三个人——

　　节子　太棒了!哪个?买的几号?

　　冈田　×号。

　　节子　势头不妙啊,×号——

80　倾斜跑道

| 奔跑中的自行车——

81　看台

| 盯着赛场的三个人——

　　　节子　哇，超过了超过了！真厉害真厉害！哇，胜出胜出！

82　倾斜车道

| 一辆自行车快速超越最终胜出。

83　看台

| 观众群情激昂，叫喊声连成一片。

84　炸猪排店的招牌

| 夜晚——

85　弹子房

| 玩着弹子球游戏的三个人——
　节子尤其玩得如痴如醉。

   茂吉　喂，节子，该回家了。
   节子　再玩会儿嘛，时间还早呢。（伴随着嘎巴、哗啦哗啦声弹珠出来）怎么样？姑父——
   茂吉　唔——够了，该回家了。
   节子　还早着呢！——我好不容易玩顺手了。

| 节子无论如何也不想罢手。茂吉左右为难。
　平山从机器上方探出头来。

   平山　怎么样？弹进去了？
   茂吉　啊，马马虎虎……
   平山　试试十二号，那个状态不错。
   茂吉　哎……

| 说时迟那时快，冈田快速去到十二号，只听嘎巴一声，弹珠哗啦哗啦出来了。

   茂吉　喂，节子，真该走了。
   节子　还能玩会儿！
   茂吉　不管你了。我要回去了。
   节子　请便。
   茂吉　真拿你没办法。我可真走了，行吧？

节子　请便。

茂吉　（很是为难，对冈田说）喂，我得回去了……

冈田　是吗？（他也正玩得起劲）

茂吉　不好意思，节子就麻烦你给送到车站吧。

冈田　好的，我送她。

茂吉　那再见——（将弹珠递过去）

冈田　（收下）那么，再见。

平山再次探身出来。

平山　这就回去吗？

茂吉　嗯，明天还要早起呢。——再见。

平山　啊，感谢惠顾……

茂吉　节子，适可而止吧，真该回去了。

节子　唔，再见。

茂吉正要走，但又折回来——

茂吉　今天可是你自己任性跟来的，不要说跟我在一起，否则会惹麻烦呢。

节子　嗯，我明白。

于是，茂吉一脸无奈地走了。

冈田与节子，不管不顾继续痴迷地玩着。

在另一边，还有几位客人，有的边玩边自言自语，等等不一而足。

86

当然，这是一间位于偏僻地段的冷冷清清的小店。

冈田与节子面前摆放着汤面大碗，两人正噗噗地吹着热气。

节子　（吃了一口）啊，好烫……

冈田　这样热乎乎的才好吃咧。

说着，他撒上胡椒粉。节子效仿冈田也撒上胡椒粉。

冈田　——话说，节子，你干吗要逃避相亲呢？

节子　因为我讨厌那种事儿嘛，封建残余。

冈田　可是也不见得怎么不好啊，见见面而已。不也挺有趣吗？

节子　只是见个面我也不愿意。

冈田　是吗？不过，说不定是一位非常优秀的青年呢。

节子　即便那样也不行。

冈田　这样啊。不过，不能因为是相亲结婚就觉得肯定不好啊。

节子　为什么？

冈田　因为问题的关键不是人吗？所以要看对方而定哦。

节子　可是，我丝毫也感受不到爱情呢。

冈田　爱情会在日后产生呢。要是我就先看看。幸运的话可能一见钟情呢。

节子　呵，这么简单啊。

冈田　简简单单不好吗？我一向是简单主义。

茶泡饭之味

节子　讨厌哦，这么简单，跟鸡呀狗的有什么区别？

冈田　不过，节子你想想看，虽然具体到每个人都很复杂，但在伟大的神明眼中，所有人都一样呢。

说完他吃起面条。

节子　……？

于是，节子也有样学样吃起面来。

冈田　味道怎么样？好吃吧？

节子　嗯，好吃。

冈田　面条的汤汁味道也不错呢。

说完他开始喝汤。节子也效仿他喝着汤。

冈田　这类食物不光好吃，还很实惠。

节子　真的？

冈田　世上有很多既便宜又可口的东西呢。高架桥那边的烤鸡肉串店，也同样好吃呢。咱们下次去吧。

节子　嗯，带我去。

冈田　不过，太太可要发脾气咯。

节子　没关系，姑妈小意思啦。

冈田　再来一碗？

节子　吃饱了——

冈田　是吗？——（边吃边对着里屋喊）喂，再来一碗面。多加汤！

"好的",传来老板的应答声。

节子吃惊地看着。

87　当晚　佐竹宅邸　起居间

茂吉与妙子,两个人都已经换上了家居服装。

妙子　听说节子到我们家来过啊?

茂吉　嗯。

妙子　什么时候?

茂吉　大概你出门一小时左右吧。所以我马上将她送去歌舞伎剧院了。

妙子　她没去呢,我们这一通找啊。

茂吉　是吗?

妙子　这孩子,到底是怎么想的呢?

茂吉　呃……

妙子　总归是要相亲的吧?对方条件也不差啊。太失礼啦。不在乎过头了!喂,你说是不是啊?纯属胡来!

茂吉　嗯,确实恶劣。

妙子　就是哦。大概因为大矶的哥哥嫂子过于宠溺,所以那孩子,总是自我感觉良好呢。必须好好管教一番,这么娇生惯养可不行。——我说,你也劝劝

　　　　她呗，好不好？

茂吉　　嗯，是啊。

妙子　　真的呢，你认真跟她谈谈吧。

茂吉　　哦，我会说的。

妙子　　像今天这么糟糕的事情千万别再发生了。出了一身汗。

茂吉　　不省心的孩子啊。（起身离开）

妙子　　确实。

| 茂吉走了出去。

二楼

| 茂吉到来，他舒服地伸了个懒腰，便在书桌前坐了下来，正要工作——这时，传来节子低低的声音：
"姑父——"
猛然看过去，只见节子躲在拉门后面，面带笑容偷偷地张望，也不知她何时来的。

茂吉　　喂，干什么……你什么时候来的？没回家啊？

节子　　（点点头）——可是，今天回去的话妈妈肯定要大发脾气的。

茂吉　　难道姑妈就不生气了？

节子　　可是姑妈还好啦。妈妈会唠叨个没完没了的。——姑妈已经歇息了？

茂吉　还没睡吧。

节子　嘻嘻，我来的事情可要保密哟。

| 正说着，猛然看过去，只见妙子嗖地进来了。

妙子　（声音尖锐）节子！

节子　啊，姑妈！——晚上好。

妙子　你说，怎么回事儿，今天！

节子　对不起！

妙子　我懒得搭理你！（对茂吉）你来说道说道，节子！

茂吉　呃……

妙子　使劲儿批评她。

茂吉　呃……节子你这样可不行啊。总归是要相亲的，不是吗？不去是没道理的。首先，于对方而言，你这样不是很失礼吗？纯属胡来。不在乎过头了。

妙子　说得对！

茂吉　总之你这行为很恶劣啊。必须好好反思一下，再认真想想吧。现在可是你最重要的时候呢。话说你也不是小孩子了。

妙子　就是！你认真听着！

| 丢下这句话，妙子离开了。

茂吉　（目送她离开）你说，这怎么行呢……所有人都在为你操心呢。……而唯独你自己那么任性胡来……

| 话语逐渐含混起来。

节子　干什么呀,姑父,好过分啊。

茂吉　唔……可是姑父已经说过不知情了……

节子　什么啊,姑父,自己当好人……

茂吉　唔,那先这样吧。

节子　你瞧——(她从手提包内拿出几枚"光"字币)你走之后,我搞到这么多,还分给阿登一半呢。

茂吉　(微微吃惊)——?

节子　(拿出一些弹珠)还剩下这么多呢。下次再去玩。那玩意儿可不能使劲弹呢。(边说边用手比画着)要这样,这样对吧,慢慢地放开呢,噗地一下……

突然察觉气氛不对,两个人猛地看去,只见妙子站在入口处,冷冷地瞪着他俩。

两个人不由得倒吸一口凉气。

妙子来到跟前,坐下。

妙子　你说!

茂吉　呃?

妙子　今天,你明明跟节子在一起!为什么撒谎呢?为什么?

茂吉　不是,其实……

妙子　其实,是怎么回事儿?

茂吉　不是啊,我其实没撒谎。

妙子　那怎么解释?

茂吉　只不过……我只是没跟你说。

妙子　还不是一样吗！你难道不知道吗？今天相亲！

茂吉　唔，所以我把她送去歌舞伎剧院门口了呢。

妙子　可她不还是没来吗！

节子　是真的，姑妈，姑父送我过去了。

妙子　那你说，你为什么没来？你去哪儿了？

茂吉　算了，也没什么。

妙子　不行！怎么就没什么了？

茂吉　可是，节子不喜欢啊，能有什么办法？

妙子　怎么就没办法了！

茂吉　可就是没办法呀。

妙子　你什么意思！怎么就没办法！

茂吉　呃……明明不喜欢，即使勉强结为夫妻，不过是又产生了一对像你我一样的夫妇嘛。

妙子　……是吗——（冷冷地点头）我明白了。——我总算明白了。

她站起来，走了出去。

节子与茂吉，屏住呼吸目送她离去。

节子　（不安的样子）——怎么办？姑父……

茂吉　呃……没办法。

节子　——？

茂吉　……唉，没办法呀……

89　PX 的钟塔

| 透过窗户看到的——

90　绫的工作室

| 妙子前来拜访。

　　　綾　　呵,什么时候的事儿?
　　　妙子　大约十天前了……
　　　綾　　这些日子你一直没和他说话吗?
　　　妙子　嗯。
　　　綾　　那么,你家先生怎么个情形?
　　　妙子　他似乎时不时地想说点啥呢。前天晚上也是,我早早就躺下了,他很晚才醉醺醺地回来,敲我房间的门呢。我假装睡着了,"喂,老婆,老婆",他一个劲儿地叫着。
　　　綾　　嚆……你可真能忍啊。我就不行,两天都憋不住。
　　　妙子　并非能忍,就是懒得开口呢。
　　　綾　　你也是,真够任性呢。你又不是没撒过谎。——这世上哪有不撒谎的夫妻呀?大家不一定在哪方面多少都撒过谎呢。
　　　妙子　或许吧……但我认为也不全是这种人啊。相互信任不说谎,这样的好夫妻也是有的呢。

绫　没有没有，没有那样的。即便有，那也是彼此双方已经彻底死心，连撒谎都嫌麻烦呢。由此看来，你们夫妻还算好的呢。

妙子　这能算好的吗！岂有此理……

绫　你呀，总体说来，要求过分了。个性太强哦。

妙子　怎么说？

绫　记得从前，上学那会儿，因为不满意发型你干脆不去学校。还有再怎么被训斥，你就是要穿着长裙子上学，是不是呢？

妙子　那都是很久以前的事儿……

绫　不，现在也有呢，都一样的。你呀，无论什么只要不按自己的心意来就不痛快呢。裙子也好，老公也罢，都一样呢。相当任性啊。

|敲门声传来——

绫　进来。

|雨宫到来。

雨宫　（对妙子说）啊，欢迎。

妙子　您好。

雨宫　你好。你家先生好吧？

妙子　嗯。

雨宫　（对绫说）喂，那个——

绫　什么？

雨宫　给我五张呗……

绫　干什么用?

雨宫　你就给点儿呗——(对妙子)一直和和睦睦的就好呢。

绫拿出五张一千日元的钞票递过去。

绫　拿去。

雨宫　哎——(接过来)那我告辞了。

说完就走。

绫　喂,等等……

绫跟了出来。

91　门外

绫和雨宫——

绫　把刚才的拿过来吧——(伸出手去)

雨宫　什么?这个?(出示钞票)

绫　(一把夺过来)回家吧,老实待着……

她轻轻地拍了一下雨宫的肩膀,便返回屋里。
雨宫愣在那里。

92 工作室

| 绫刚一回屋——

  妙子 还真行啊,你家先生——
  绫 可不是吗,那也很辛苦哟。
  妙子 也许吧……
  绫 你这点小事儿,就算了吧。是你太任性哦。
  妙子 不是的。
  绫 就是呢。你呀,虽然这个那个抱怨一通,也只是嘴上说说,你终究是喜欢你家先生的。
  妙子 才不喜欢呢!
  绫 喜欢着呢!若非如此,你们早就分手了!
  妙子 你不会明白呢。
  绫 什么?
  妙子 我的感受——
  绫 我明白!
  妙子 你明白什么呀!——我走了!(说着就要离开)
  绫 这就回家?
  妙子 再见!

| 她向外走去。

  绫 (追上她)待会儿再走不行吗?喂……

茶泡饭之味

在绫的劝说下,妙子终于打消了念头,重新坐回凳子上。看上去她到底有些走心,默默地想着心事。

茶泡饭之味

93　当晚　佐竹宅邸　妙子的房间

｜妙子回房间后，和服都没换，一个人陷入沉思。
　敲门声——妙子应答，富美应声而入。

　　　妙子　有事儿？
　　　富美　先生在等您用餐。
　　　妙子　（冷冷地）我这就去。
｜"好的"，富美应答了一声便出去了。

94　餐室

｜茂吉在餐桌旁看报纸。
　富美来了。

　　　富美　太太马上过来。
　　　茂吉　嗯，给我盛碗饭吧，肚子饿了。
｜富美略显不安，盛饭。
　妙子脸色冷冷地走来。

　　　茂吉　你回来了……我先吃了。
｜妙子一言不发地坐下来，默默地盯着茂吉吃饭。

　　　茂吉　（注意到）你不吃吗？
｜妙子不吱声，取过筷子盒拿出筷子，依然看着茂吉吃饭。

茂吉狼吞虎咽地吃着，而后又浇上酱汤，吃得津津有味。

妙子　（烦躁不安地）喂！

茂吉　嗯？什么事儿？

妙子　你吃饭的方式，就不能改改吗？

茂吉　唔？——（瞅了瞅，醒悟过来）是我疏忽了……

妙子　你总是这个样子吃饭吗？

茂吉　……

妙子　富美呀，先生是不是一直这样，吃个饭就跟吃狗食似的？

富美　……（不知如何是好）

茂吉　（笑嘻嘻地，对富美）你就回答"是"呗。——（对妙子）说真的，你不在的时候我经常这样吃。

妙子　我不是说过我不喜欢这样吗？

茂吉　嗯，说过。是我大意了。

妙子　希望你能改掉！

茂吉　我改。——一时大意就浇上了。

然后唰啦唰啦地吃着剩下的。

妙子扔下筷子，猛然起身走了出去。

茂吉一脸愕然，又添了一碗饭，没浇汤汁干巴巴地吃着。

富美看上去很担心。

茂吉　（微笑着）被太太训斥了……在你的家乡，吃米饭不浇汤汁吗？

茶泡饭之味　353

富美　浇的。

茂吉　你是埼玉县的?

富美　是的。

茂吉　长野也这样吃。——东京不这么吃呢。可是很好吃啊。——你在这里没这样吃过?

富美　没有。

茂吉　为什么?

富美　因为太太很是看不惯。

茂吉　这样啊……嗯……

95　妙子的房间

妙子心情很差,一边吸着烟一边看书,当然,她不可能看进去。
敲门声——

妙子　谁啊?

茂吉　是我。

茂吉进了房间。
妙子没有理睬他。

茂吉　你不吃饭吗?

妙子　不吃了。

│ 茂吉在她身边坐下。
　妙子啪的一声扣下书出去了。
　茂吉注视着她的背影，不久，他不紧不慢地跟了出去。

96　走廊

│ 茂吉到了走廊上，碰见富美。

　　　茂吉　太太去哪儿了？
　　　富美　在洗澡呢。
　　　茂吉　哦。等她洗完，你跟她说请她来二楼。
　　　富美　是。
│ 茂吉离开。富美也离开。

97　二楼　茂吉的房间

│ 茂吉——
　过了一会儿妙子来了。

　　　妙子　（挑衅的口吻）什么事儿？
　　　茂吉　先坐下吧。
　　　妙子　（依然站着）不必了。——说吧。
　　　茂吉　心情这么糟啊？

茶泡饭之味　355

妙子　没呢，并非如此。

茂吉　那么，坐下吧。

妙子　不必了。

茂吉　(温和地)刚才的事情很抱歉。我没想到你这么看不惯，以后再不那样了。

妙子　没关系，那样也没关系。

茂吉　不，再也不了。我童年时期，在乡下老家，就是那样吃着长大的，所以不知不觉便这样做了，并非心存恶意呢。

妙子　我没说不好。

茂吉　呀，反正不再做了。——可是，为什么所有的事情都会如此呢？

妙子　你指的什么？

茂吉　那么，举个例子，就说吸烟吧，你看不惯我抽朝日牌香烟，可我就喜欢这个。不单单因为便宜，对我来说这个最对味儿。

妙子　……

茂吉　坐火车也同样如此。你看不惯我坐三等车厢，可我喜欢三等车厢，什么都不必顾虑，轻松自得呢。这跟我很早以前便抽惯的朝日香烟是同样的道理。对这个烟盒，我已产生感情。——归根结底这是我的出身问题……

妙子　对不起。我没在那样的环境中长大呢。

茂吉　没什么,这是我的问题。你像现在这样就好。你要是抽朝日香烟才奇怪呢。——无论谁都会有各自不同的习惯。我这个人,怎么说好呢,更喜欢那种亲切的、淳朴的、不做作的无拘无束感。

妙子　……是吗……

茂吉　这样的我,在紧急关头,哪怕飞机也会搭乘,如果一等车厢能更快抵达,那就坐一等的。

妙子　说够了没有?

茂吉　那不说了。不过,或许会挨骂,但无拘无束的感觉真挺好哪……

妙子　我也同样呢。请让我也无拘无束些吧。就是坐火车,也请让我跟往常一样。对我来说那样才是无拘无束呢。

说罢她便转身要走。

茂吉　喂,等一下,我还有几句话。

妙子　打住吧。

茂吉　听我说,是这样——

妙子不听,茂吉话刚开头她便扬长而去。
茂吉一脸的无可奈何,而后转身面向书桌。

98 东海道线

| 飞逝的轨道……

99 车内

| 座椅上的妙子——像有什么心事放不下，面色略显沉重。
扩音器里传来播报声。
"下一站将停靠滨松车站，滨松。到达时间为十二点二十分，停靠左边站台。另外，本次列车到达名古屋车站时间为十四点四分，京都十六点二十二分，到达大阪时间为十七点。"
妙子入定般地想着心事。
这时，列车驶上了铁桥，伴随着巨大声响，铁桥向后疾驰而去。

100　东京物产 办公室

| 茂吉在处理公务。
　事务员拿着文件进来。

　　事务员　部长，社长叫您。
　　茂吉　哦。
| 他将文件盖上章递给事务员，起身离开。
　敲门声——

101　社长办公室

| 正跟秘书商讨问题的社长，听到敲门声应了一声。

　　社长　进来。
| 茂吉进来。

　　社长　（目光迎向他）来啦。——喂，说是订了后天飞往乌拉圭的机票。
　　茂吉　哦，是吗？
　　社长　方便去吗？时间非常仓促……
　　茂吉　啊，我没问题。
　　社长　哦。虽然辛苦，还是去一趟吧。
　　茂吉　是。
　　秘书　文件暂存在总务处……

茂吉　好的。

　　社长　总之事发突然,非常抱歉……

　　茂吉　没什么——那就这么定了。

|他鞠了一躬便要出去。

　　社长　哦,对了,出差前总有各种各样的准备,今天工作就到这里吧。

　　茂吉　是。

　　社长　明天中午,一起吃个饭,怎么样?

　　茂吉　好的。

　　社长　那到时候再说——

　　茂吉　好的。——告辞了。

|说完离开。

102　佐竹宅邸　走廊

|富美往玄关方向走着。

103　玄关

|富美迎接茂吉。

　　富美　您回来了。

茂吉　嗯。

| 茂吉走向里屋，富美跟随其后。

104　起居间

| 茂吉到来，问富美——

茂吉　喂，太太哪儿去了？

富美　今天早上，先生您前脚刚走——

茂吉　她出门了？

富美　是的。

| 然后，富美把妙子留下的信拿来交给茂吉。

富美　太太说，等您回来了就把这个交给您……

茂吉　嗯？

| 他接过来，打开默默地看了起来。

茂吉　……（他咕哝般地念着留言）暂时，请允许我出去散散心……呃……（对富美）她没说什么时候回来吗？

富美　嗯，说是四五天吧……

茂吉　唔……

| 茂吉沉思片刻，随后想起什么快步出去了。

105 走廊上的电话

| 茂吉过来,拨打电话。

  茂吉 ——喂,是电报局吧,请发个电报。这里是落合长崎××××号……是的……(一边看着妙子的留言条)收件人姓名——神户市、须磨区……是须磨明石的须磨……离宫道、三十二、村山秀子转佐竹妙子……是的……正文——家中有事,事情的事,家中有事,速归。另起一段,署名茂吉。——啊,就这样。请发加急电报。啊,是的。

| 然后挂掉电话,直接去往二楼。

  茂吉 富美。

| 他喊了一声,富美闻声而来。

  茂吉 公司突然派我去国外出差,家里有没有这样的行李箱?
  富美 有的。——那个,太太呢?
  茂吉 哦,我刚给她发了电报。——去把箱子拿来吧。
  富美 是。

| 茂吉转身上二楼,富美不无担心地看着他。

106 二楼 茂吉的房间

| 茂吉进来,将皮包丢到书桌上,扑通一声坐下来,神情落寞地想着心事。他缓缓地脱下袜子……

107　机场的风向标

| 风向标迎风飘扬——

108 候机室的电子钟

| 记录着时间流逝的分分秒秒——

109 羽田机场

| 飞往美国的客机即将出发。螺旋桨高速转动着。
高子、绫、节子、节子的父亲、冈田、平山,以及公司的同事们前来送行。
女士们注意到妙子缺席。

　　高子　她怎么回事儿啊?
　　　绫　怎么搞的?……终究是赶不上了……

| 飞机滑行,升空——
大家挥手送别茂吉。
越飞越远的飞机——
送行的人们……

110 风向标

| 风向标迎风飘扬——

111　候机室的电子钟

| 记录着时间流逝的分分秒秒——

112　佐竹宅邸　起居间

| 绫和节子到来。

　　　　绫　（看看钟）怎么办？再等等看？
　　　节子　是啊……阿姨，您先请回吧，我再待会儿。
　　　　绫　可是，她也该回来了……府上也给她发过电报？
　　　节子　嗯，昨天……
　　　　绫　那时间很充裕，按道理来得及啊。
　　　节子　嗯。
　　　　绫　满不在乎啊，她究竟想怎样……

| 玄关的铃声响起。
两个人迅速对视一眼。

　　　节子　啊，回来了！

| 她立刻起身，绫也跟在身后，急匆匆地去往玄关方向。

113　玄关

｜富美迎接妙子，这时绫和节子也过来了。

  富美　您回来了。
   绫　总算回来了！你还真够晚呢！
  妙子　（冷冷地）我回来了……
  节子　你干什么去了，姑妈……

｜妙子不回答，走向房间，绫与节子跟在后面。

114　起居间

｜妙子来到，绫和节子紧随其后。

   绫　你呀，太晚了！
  节子　姑父已经启程了呢！
   绫　你干什么去了？
  节子　姑父看起来非常落寞呢……
   绫　（责备的口吻）你昨天见过电报了吧？
  妙子　嗯。
   绫　怎么想起去须磨了？
  妙子　（反抗意味）可是有什么办法呢，我就是想去嘛。
   绫　所以，接到电报马上回来不就得了！
  妙子　可是我已经离开了，我和秀子去了神户。

节子　因为姑妈不在,大家都非常担心呢。

妙子　办不到啊,我根本不知情嘛。

| 然后她拎着包离开。绫与节子跟随其后。

115　妙子的房间

| 妙子进来,绫和节子紧随其后。

绫　虽然你口口声声说不知道,你家先生可是前天就发了电报呢,难道那封电报你也没看见?

妙子　看见咯。

绫　那你说,为什么不回来呢?

妙子　可是,只说"家中有事",什么事情又不交代清楚!发这种电报才更加离谱呢!

绫　可这毕竟是电报呀!收到后马上返程不就得了!那样的话完全来得及啊。

妙子　算了吧,马后炮!

绫　是呀!你心安理得就好!

妙子　够啦!

绫　是吗?这就够啦?——那节子,我回去了。

节子　哦。那我也回去……

绫　再见。

节子　再见。

妙子 再见。

绫和节子出去后,妙子独自待在房间,心事重重。她将戒指摘下来放进首饰盒,然后出去。

116 起居间

妙子到来。

妙子 富美……(她喊了一声)

富美过来。

妙子 先生他有没有说什么?
富美 这个,倒没说……

妙子转身走了。

117 楼梯下

妙子一步一步上楼。

118 二楼

妙子上来,茫然地环视着室内。
茂吉的衣服依然挂在那里。

她不由得摸了摸衣服。
然后坐到书桌前。
书桌上放着朝日牌香烟盒——她将其拿到手里,又将其放下,就这样陷入了沉思。

119　当晚　起居间

| 空荡荡的……时钟敲了十一响。

120　走廊

| 空荡荡的……

121　妙子的房间

| 妙子上了床。可是总也睡不着,她眼睛睁着,眼珠一动不动。
玄关的铃声响了。
妙子一下子竖起耳朵,爬起来,在睡衣外披上一件短外褂走了出去。

122　起居间

│妙子到来，冲着玄关方向——

　　妙子　谁啊？

123　玄关

│富美回应。

　　富美　是先生回来了。
│茂吉拎着箱包走上来。

　　茂吉　（对富美）没事儿了，你去睡吧。
　　富美　是。
│茂吉往起居间走去。妙子迎出来。

　　妙子　回来啦。
　　茂吉　啊，飞机出故障了。
　　妙子　是吗？是去乌拉圭？
　　茂吉　嗯，蒙得维的亚。

124　起居间

| 妙子与茂吉到来。妙子打开电灯。

  妙子　你说故障，飞机出了什么故障？
  茂吉　大约飞了两个多小时，发动机状况不好便返航了。
  妙子　是吗？
  茂吉　出发时间改到明天早晨。——真累呀……
| 说完他拎着行李包去往二楼。妙子也紧随其后。

125　二楼

| 茂吉到来，打开里屋的灯，妙子也跟着进来，打开套间的灯。

  妙子　明天几点？
  茂吉　九点。——你几点回来的？
  妙子　大概在你启航两小时后回来的……
  茂吉　哦。——须磨怎么样？好玩吗？
  妙子　以后，这种事情，我再也不会做了。
  茂吉　什么？
  妙子　不打招呼就出远门……
  茂吉　做了也不要紧，这才像你嘛。
  妙子　不，再也不了。——第一封电报我当时就收到了。可是，就那么几个字，我又不清楚到底是什么事

茶泡饭之味　373

茂吉　是呀，那样是不对头呢。

妙子　不过，这次是不是太匆忙了？——你提前不知道吗？

茂吉　呀，跟我说过呢。我想跟你说一声，可这段日子，你不是心情非常糟糕吗……

妙子　你真要跟我说声也就好了……

茂吉　唔，但是我也没料想到会这么快……

妙子　今天早晨，起了个大早吧？

茂吉　嗯……（说着揉着肩膀，打了个哈欠）

妙子　困了？

茂吉　唉……肚子饿啦。

妙子　哦，那去弄点吃的？

茂吉　好啊。

妙子　我也吃点。

茂吉　下楼去吧。

妙子　嗯。

| 两个人从楼梯上下来。

127　起居间

| 二人进来。

> 茂吉　你不冷吗?
> 妙子　不冷,没事儿。——吵醒富美可不太好呢。
> 茂吉　嗯。各种东西放的地方,你知道吗……
> 妙子　什么东西?
> 茂吉　碗呀,筷子啊……
> 妙子　去看看就知道了呗。过去吧。

| 于是她先走一步。茂吉跟在身后。
　穿过房间——

128　厨房

| 两个人蹑手蹑脚地进来,打开电灯,尽量不弄出声响,到处翻找。妙子在橱柜里找着了面包。

> 妙子　(她拿着面包,低声问)吃面包,怎么样?
> 茂吉　(摇摇头,模仿吃茶泡饭的样子)这个呗,茶泡饭——
> 妙子　茶泡饭?
> 茂吉　嗯。(翻找)
> 妙子　(从电冰箱里拿出火腿)火腿吃不吃?

茂吉 （摇摇头，发现了饭钵）有了有了，这里有米饭。——（给她看里面）够了吧？

妙子 （点点头）没问题。——再找点佐味的……

于是，两个人就又接着到处翻找。这时，从对面传来很响的梦呓声，两人吃了一惊。

妙子 啊，吓我一跳，这么大声的梦呓……

茂吉 ——？

妙子 是良音呢。

接着翻找。

茂吉 有了有了，腌萝卜。

妙子 那不是富美她们的？

茂吉 （尝了一口）……

妙子 米糠酱放哪儿了？——啊，找着了。（她挽起袖子）

茂吉 我来吧。

妙子 不用了。（探手进去）有了有了！（拿出来什么）

茂吉 这是什么？

妙子 会是什么呢？

拿到水池边冲洗。原来是小黄瓜。切黄瓜。

茂吉 注意手，小心别切到。

妙子 放心吧。——给我个大碗……

茂吉颔首，转身寻找大碗并递给她，接着在托盘上放上碗筷等各种用具。
然后，茂吉端着托盘，妙子端着饭钵。

  妙子 对了，还有茶壶……

  茂吉 还有酱油……

等等，全部备齐。

  妙子 没漏掉什么吧……

随后，她将紫菜罐也放上去，然后往回走。半道，紫菜罐掉了，她吃惊地看了看。
谁也没起来。两人松了口气。

129 餐室

两个人回来，茂吉往桌子上摆放，妙子沏茶。
茂吉盛饭，给妙子也盛上一碗。

  妙子 谢谢。

茂吉做好了茶泡饭，津津有味地吃了起来。

  茂吉 真好吃……

  妙子 真的？我也吃。

于是，浇上茶水沙沙地吃起来。忽然，她闻了闻手上的味道。

  妙子 米糠酱臭臭的。

茂吉　我闻闻……

说着拉过妙子的手闻着。

茂吉　想不到你的手也会有这番遭遇啊。

然后继续沙沙地吃起来。

妙子　很好吃呢。

茂吉　味道好极了。

这时，妙子忽然感觉胸口堵得慌，她低下了头。

茂吉　（见状问道）怎么啦？

妙子抬起头来，眼中含泪，泪中带笑。

茂吉　这是怎么了？

妙子　……对不起……

茂吉　什么？

妙子　一直以来，我……

茂吉　什么？

妙子　是我太无知了……非常抱歉……（放下碗，擦去泪水）——你所说的，亲切、淳朴、不做作、无拘无束感……现在，我总算体会到了呢……

茂吉　（感慨万分，笑着说）别提了，那些话。

妙子　不行，这事很重要……我真是白痴……（拭去眼泪）

茂吉　好了好了，这事儿过去了。你能理解，我真高兴……（狼吞虎咽地吃着茶泡饭）——茶泡饭哟，茶泡饭之味啊。

妙子　　——？

茂吉　　所谓夫妻正如这茶泡饭的滋味啊。

妙子　　是啊……这之前，我体会不到呢。

茂吉　　好了，不说了。——不过，真是太好了，今晚能赶回来……

妙子　　我也非常高兴呢……你能回来……

然后，默默地低下头去。

茂吉见状，又狼吞虎咽地吃起来，吃完又添了一碗。

130　佐竹宅邸　庭院

在阳光灿烂的地方，拉着绳索，上面晾着毛毯等物品，以防发霉虫蛀。

131　外廊

这里也晾晒着很多东西。

132 起居室

|妙子、绫、高子、节子,四个人正在聊天。

高子　这么说,你家那位,是第二天早上离开的?
妙子　嗯。
绫　节子,你去送行了?
节子　没呢。
妙子　就我自己呢。我一个人去送的。
绫　是吗?心情怎样啊?
妙子　出乎意料地平静。
高子　真的?你可真坚强呀。——我就不行。
妙子　不过,我也有脆弱的时候……昨晚回来后,很晚了,我们还一起吃了茶泡饭呢。
高子　哇哦,跟你家那位?
妙子　嗯。——吃着吃着,我都哭了呢。
绫　呵,你的眼泪,当真稀罕呢。——哇哇大哭?还是抽抽搭搭?
妙子　开始是抽抽搭搭,后来就哇哇地哭……我向他道歉了,为很多事情,于是,他说什么也别说了。可是,我有很多话想说呢。谁知才说了一句"我懂了",突然就堵住了,什么话也说不出口呢。
绫　嘿嘿。

妙子　再一看，他那个人，眼里竟然噙满了泪水呢……不，是哭了。我说你一个大男人还哭，他说你不明白吗，我是高兴的呢，跟你一起吃茶泡饭今天还是头一遭……没有比今天这事儿更值得高兴的啦。于是，我也说了，是我太蠢，对不起，今天第一次懂你……然后哇哇地哭着赔礼道歉呢。

两个人同时　嗬。

妙子　说完之后，顿觉心口舒畅，整个人都轻松了。

绫　节子，你没事儿吗？

节子　啊？

绫　（对高子）怎么样？差不多了吧——

高子　是啊，也该走了——

妙子　再待会儿呗，还没说完呢。——话说，男人可是很复杂呢，我们女人只看到了男人在家里的一面。居家的老公，就好似晒太阳的小乌龟哟。实际上他们一旦去到外面，能与兔子赛跑，能驮上浦岛太郎[1]呢。大多数女人只看到了丈夫的一小部分呢。

高子　有道理啊。

绫　你这又是晒太阳，又是反应迟钝的……

---

1. 日本古代传说中的人物。因救了神龟，被神龟带到龙宫，并得到龙女款待。临别之时，龙女赠送他一个玉盒，告诫不可打开。神龟送太郎回家后，发现认识的人都不在了。他打开盒子，瞬间化为老翁。

妙子　他都知道呢，不管什么。我都惊呆了。——什么时间去的修善寺，他一清二楚。

绫　什么？

妙子　他说既然撒谎，就得更高明些。但比起高明的谎言，拙劣的真实更好，之后不必提心吊胆，这岂不更好……

绫　糟了糟了，我这就回去。

高子　怎么啦？

绫　我是撒了个谎才出来的。——再见。

高子　我也回去咯——节子你呢？

妙子　节子再待会儿吧。

节子　不啦，我也要走啦。——阿登等着我呢，说是要请客。

妙子　不着急，坐会儿吧。让他稍微等等才好呢。

于是，节子勉勉强强地坐下。

高子　那么，再见咯。

绫　再见。

两人回去了。

之后——

妙子　节子，你可明白？

节子　明白什么？

妙子　好好想想吧。考虑清楚了再决定对象人选吧。这个问题关乎你的一生。——领带时尚与否啦，西装是否得体啦，这些事情都无所谓的。——怎么说呢……男人是否稳重可靠，这才是至关重要的呢。曾经我也不懂……不过现在嘛，曾经讨厌的一切不知不觉地喜欢上了。这才明白，像他那么好的老公难得一见呢。

节子呵呵呵地笑起来。

妙子　哪儿有这么好笑！瞧你神气活现的！给我听仔细了！
节子　是。
妙子　哎，你姑父这会儿，在乌拉圭做什么呢……今天到此为止吧。
节子　讨厌，真过分啊，姑妈！——我走了！再见！
妙子　不再待会儿了？
节子　够了。

说完回去了。
妙子微笑着目送她离开，继而沉思起来。

133 路上

节子与冈田一起走着。

冈田　是嘛，那很愉快啊。太太如此恋慕佐竹先生吗?

节子　嗯，如痴如醉——

冈田　理应如此呢。领带时尚与否啦，西装如何考究啦，那都不是问题。——我这就展示给你看哦。（说着站定，给她看衣服）

节子　哦，所以怎样呢?

冈田　哎，西装穿这样的就可以吧? 男人说到底还是要稳重可靠呢。

节子　那么，你可靠吗?

冈田　嗯。（点头）

节子　是吗——?

冈田　毋庸置疑，绝对可靠呢。你还没看到我晒太阳呢，你所见到的只是我的一小部分呢。

节子　讨厌! 真是厚颜无耻啊!

冈田　讨厌可不行啊。本就如此呢。日后你会后悔的。我知道的。

节子狠狠地瞪着他，突然转身就往回走。

冈田　（突然发现）节子！——节子！——

节子跑起来。

冈田慌慌张张地追着，终于撵了上去，点头哈腰赔罪。

——此刻，熏风送香，在两个年轻人的头顶上，六月的天空清澈明媚……

―― 终 ――

译后记

遗憾方为人生[1]

小津安二郎（1903年12月12日—1963年12月12日）是日本著名电影导演、剧作家。他一生共执导影片54部，多部优秀作品享誉世界影坛。2012年，由英国权威电影杂志《视与听》举办、知名导演与影评人评选出"影史十大影片"，小津安二郎的代表作《东京物语》位列其首。其本人获得的主要荣誉有：1952年第2届日本电影蓝丝带奖最佳导演奖；1958年紫绶褒章；1958年日本艺术祭文部大臣奖；1959年日

---

[1] 文中几处小津安二郎的讲述，除了标明出处的，其余皆引自井上和男编定的《小津安二郎全集》。

本艺术院奖；1961年第8届亚太电影节最佳导演奖。1962年，小津安二郎入选日本艺术院会员。

小津安二郎开创了含蓄隽永、余味悠长的电影风格，被世人赞誉为"小津调"。随着小津安二郎在电影史上声誉日隆，剖析其电影美学和风格的著述卷帙浩繁。而一部优秀的电影作品，离不开好的剧本，也可以说"小津调"的电影，是建立在"小津调"的剧本之上的。

小津安二郎的54部电影作品，绝大多数的剧本是由他本人执笔或是与他人共同创作的。在与他人合著的剧本中，有27部是小津和著名剧作家野田高梧联袂打造的。尤其是从1949年的《晚春》至1962年的《秋刀鱼之味》，这13年间，小津安二郎导演的全部电影的剧本都出自这两位大师之手。《晚春》《麦秋》《茶泡饭之味》《东京物语》《早春》《东京暮色》《彼岸花》《早安》《浮草》《秋日和》《小早川家之秋》《秋刀鱼之味》，这12部作品无论是影片还是剧本都堪称经典。

二

◎不变的嫁女主题

12部经典作品中，《晚春》《麦秋》《彼岸花》《秋日和》《秋刀鱼之味》都属于嫁女系列。不仅主题类似，就连出场人物的名字也多有重复。譬如《晚春》《麦秋》《东京物语》中的纪子，《晚春》《东京暮色》《东京物语》《彼岸花》《秋日和》中的周吉等。

接近一半的嫁女名篇，翻来覆去熟悉的名字，难怪人们说起小津电影，印象总是不变的嫁女主题。也有人说小津总在重复自己。小津自己则有过这番表述："动辄会有人说：'偶尔也创作部不同风格的作品呀！'但我会告诉他：'我就是个豆腐匠，做豆腐的人去做咖喱饭或炸猪排，怎么会好吃呢？'"（《报知新闻》1955年3月27日刊登）

因为是个豆腐匠，所以就只做豆腐；因为有想表达的东西，所以不厌其烦地一次次出发。我想这叫作坚持。

即使小津的作品有着某种程度的重复，但认真读下去，便会发现，其实每一部作品都在试图表达一些新的东西。

暮春时节，草长莺飞。《晚春》的故事徐徐拉开帷幕。

没有大的波澜起伏，庸常的生活碎片构成了《晚春》，一切都在平平淡淡中行进，如同每一天的日升月落，其间，你会邂逅一些美好，一些感动。

故事缓缓推进。纪子与服部，原本青梅竹马的两个人，走着走着就远了，熟悉的过去变得虚幻。当服部自己坐在音乐厅，身边是空荡荡的座位时，那一句"你切的咸萝卜都还连着不断呢"，听来格外令人唏嘘。

故事继续推进。时光如水，夜以继日地冲刷，洗白了岁月，冲散了亲人。纪子嫁人，纵千般不舍，到头来父女终要分别。最后的团聚时光，父亲的絮叨令人印象格外深刻。然而再多的絮叨都留不住时光的脚步。"一定要幸福"成为父亲对出嫁女儿唯一的祝福。

春天再晚都会来，春天再长也会去。

《晚春》说，一定要幸福。

《麦秋》最后定格在大和乡下：一望无垠的麦田，麦子已经熟透，金黄的麦浪随风起舞。

成熟的麦子被收割后，离开土地，这是麦子的秋天。纪子离开父母，远嫁去了秋田；父母则离开生活了16年的东京，回到大和老家守住生命的秋冬。

所以麦秋，是高潮也是结局。故事最后，特别能感受到题目《麦秋》的意义与分量。

自然与人生并无二致。成熟意味着分别，每一次分别时都期待着下一次的相聚。然而，对于日渐老去的父母，还会有多少次相聚？在平凡的日子里寻味快乐与幸福，又在寻常的快乐与幸福中品味着淡淡感伤，在感伤中触摸活着的意义，最终抵达生命的通透。

与《晚春》中对爱情迷茫的纪子不同，《麦秋》中的纪子颇有主见。她放弃了身价颇高的单身汉，选择丧偶有女、生活困窘的谦吉，很多人为之唏嘘；而纪子笃定，她说："我并不太信任一个年满四十还优哉游哉独自生活的男人呢。有小孩的男人反而更值得托付呢。"纪子是淡定而通透的。

故事最后，老夫妇眺望熟透了的麦田，想着远嫁的女儿，想着一家人曾经热闹幸福的生活。父亲周吉说人的欲望是无穷的，母亲志希说我们毕竟幸福地生活过呢。老人是知足而通透的。

故事琐碎平淡，但绝不庸俗，充满烟火气息，淡出生活的真味。整个故事是温馨的，有着大半个世纪前的缓慢节奏，在当前浮躁快速的社会洪流中，依然有着治愈人心的力量。

《麦秋》说，成熟的生命是金色的通透。

《彼岸花》与《秋刀鱼之味》，两部作品的题目有着异曲同工之妙。前者故事中没有彼岸花，后者故事中不见秋刀鱼。然而读罢掩卷长思，彼岸花分外妖娆，秋刀鱼余味悠长。

彼岸花是一种什么花？

在日本，每年秋分时节，彼岸花群开于田埂与堤坝上，火红一片。其花形娇艳，色彩也绚烂，但有花无叶，有叶无花。

传说中，彼岸花开一千年，落一千年，花叶永不相见。情不为因果，缘注定生死。

所以，这样的彼岸花被赋予了悲情色彩——无尽的爱、悲伤的回忆、死亡的前兆和地狱的召唤。

多像人世间的父母与子女，子女最绚烂的日子，便是父母凋零的开始。一朝零落，不复相见。

《彼岸花》说，生命轮回不休，彼岸花开绚烂。

秋冬是什么况味？于日本人而言，秋冬是秋刀鱼的味道。

秋刀鱼是秋冬季节的时鲜，从每年八九月份到次年三月，在日本列岛依次巡游，它们的出现，意味着秋冬的到来。所以，秋刀鱼的名字便蕴含着萧瑟凛冽之味。无论你喜不喜欢，秋冬总归要来。如同故事中的平山周平，终有一天要嫁掉女儿，独自迎来生命的寒冬。

品味秋刀鱼是怎样一种体验？日本人总是取最新鲜的秋刀鱼，撒上盐烤着吃，鲜美咸香中夹杂着丝丝苦腥，味道未臻完美，却总是余味无穷。如同人生，没有圆满，但同样令人沉醉。

即便普通如秋刀鱼，一旦错过这个季节，便再难寻觅——如同不加珍惜悄然逝去的芳华与爱情；如同故事里的路子与三浦，一旦错过，便成永远。

平凡普通，余味无穷，这是秋刀鱼；由生至死，盛极而衰，这是人生。有容易错过的秋刀鱼，没有重复走过的人生。

《秋刀鱼之味》说，且走且珍惜。

关于《秋日和》，小津安二郎有这样一番讲述："这世间，原本很简单的事情，若大家一哄而上往往就搞复杂了。即使看着复杂，但人生的本质或许意外地简单。"

故事中，田口、间宫、平山一哄而上，为已故同窗好友三轮的遗孀秋子、女儿绫子的婚事操碎了心，却好心办坏事，造成母女嫌隙。故事中，三个中老年男人的对话幽默风趣，很多场景令人忍俊不禁。故事的基调确如片名《秋日和》，秋阳明媚，秋风送爽。当然，这风吹着吹着便带来萧瑟与凉意，这是嫁别爱女的秋子内心的寂寥，也是蕴含在幽默轻松中的淡淡感伤。

《秋日和》说，天凉好个秋。

关于自己的作品，小津还说过："摒弃所有的戏剧性，不让人哭，却展现出悲伤；不刻画戏剧性的冲突，而让人们领略人生滋味……"

其实，不唯《秋日和》，这种冷静克制的讲述风格，贯穿小津安二郎的作品始终。

◎家庭的悲欢离合

社会变革，家庭聚散，是再正常不过的社会现象。然而，落到每家每户，落到个人身上，便是承载着悲欢离合的人生故事。

何谓经典？随着时间的流逝，不仅不褪色，反而愈加清晰感人的作品方可称为经典。1953年的作品，依然感动着今天的我们。由此看来，《东京物语》堪称经典之经典。

一对乡下的老夫妻，在邻居艳羡的目光中，开启了充满自豪与希冀的探亲之旅——去大都市看望事业有成的子女。长子医学博士毕业，在东京经营一家诊所；大女儿开美容店；小儿子在大阪铁路部门工作。

然而，希望中的美好，总是遭遇现实的摧毁。养家糊口、忙碌工作的不得已，总能战胜陪伴父母的孝心。有意无意间，儿女们带给父母一个又一个遗憾。而儿女被生活的巨浪裹挟向前，浑然不觉身后父母的失落，最终迎来"子欲养而亲不待"的千古憾事。

二儿媳纪子的体贴，是二老探亲之旅最温情的记忆。然而，次子昌二已经去世八年，即便纪子还想留在过去，生活也会裹挟着她一路向前。她说"遗忘他的日子越来越多了"。人生最大的矛盾其实是你还想停留在过去，岁月早已向前。

儿女长大成人，拥有了自己的生活；父母逐渐老去，走向寂寞。父母以为孩子们在大城市过着光鲜的生活，却不晓得他们每前进一步都是拼尽全力。孩子们纵然知道白发人去日无多，却像鸵鸟一般将头埋进沙子，妄想着岁月静好。

通篇故事没有强烈的批判，没有非此即彼的对立，更多的是家长里短，更多的是无可奈何。唯其如此，更动人心。

父母子女意味着什么？但听汽笛长鸣，火车直奔远方。

生命的意义何在？且看大海宽广，时而宁静时而澎湃。

品味至此，你会不会产生终极的孤独？也许，遗憾方为人生。

《东京暮色》继续展现小津作品的精髓——直面衰老与死亡。

冬日的天空，下雪的黄昏，榉树的梢头，苍白的阳光……这一切都在提示着一个华美落尽、尽显生命底色的阴冷故事正在上演。

妻子喜久子抛弃子女、家庭，与人私奔，遭背叛打击的周吉含辛茹苦养大三个儿女，却又不得不承受儿女各自遭遇不幸的打击。

——儿子正年轻，登山出了意外，从此阴阳两隔。

——大女儿孝子夫妻不睦，不声不响跑回娘家。最后虽然回到丈夫身边，但丈夫的神经质，注定了孝子余生的艰难。

——从小缺失母爱的明子误入歧途，生活放纵，未婚先孕，男朋友宪二避而不见。失意的明子借酒浇愁，却在穿越道口时被电车撞飞，生命终止于花季。

聂鲁达有句诗：当华美的叶片落尽，生命的脉络才历历可见。读《东京暮色》，你会想到余华的《活着》。

1961年上映的《小早川家之秋》，围绕着洒脱不羁的大老板小早川万兵卫，上演了一场悲欢离合的家族故事。

大资本的冲击，给酿酒世家小早川家笼罩上淡淡的阴影。而一家之长的万兵卫我行我素的个性，给家族带来诸多不安定因素。他固然关心小女儿的婚事、孀居儿媳的幸福、家族的生意，但不羁的性格让他更留恋外面的花花世界。一次邂逅，令其和失散多年的老情人旧情复燃。

故事围绕万兵卫两次心肌梗死昏倒展开。第一次很快好转，尽管家人提心吊胆，本人却满不在乎，甚至丢下和他玩捉迷藏的孙子，溜出门去偷会老情人，活脱脱一个老顽童。第二次发病，昏倒在老情人家中，幸运不再，一命呜呼。

曲终人散，小女儿远嫁，大家庭解体，家族企业也走向被大资本兼并的命运。

《东京物语》《东京暮色》《小早川家之秋》，一脉相承的"小津调"，于平淡中娓娓道来。当然，惊艳会有的，就在回首的刹那。

1959年，小津安二郎荣获日本艺术院奖。"因为获得了艺术院奖就推出一本正经的电影，若被人这么说也怪讨厌的……"，据说正是基于上述心态，两位大师一反常态，创作出了轻松幽默的喜剧片《早安》，该片于1959年上映。

主人公是小实、小勇两个孩子。小津对孩童角色的处理自有定评。及至《早安》，孩子的形象更是深入人心。通篇故事下来，小津式幽默贯穿始终，人物形象饱满生动，串联起生动的故事情节。八卦是非，似乎是邻里关系的主题。而大人与孩子之间的冲突，借助放屁游戏的善意讽刺，让《早安》故事于欢快诙谐中多了一些理性的思考。

◎关乎婚姻爱情

《早春》是小津作品中篇幅最长的一部。故事围绕着一群年轻的上班族展开。上班之余，他们偶尔郊游聚餐、开心唱歌、斗嘴磨牙，这些轻快的插曲呼应着早春的明媚。公司间的派系争斗给上班族带来生存压力，这是早春的料峭。在派系争斗中负重前行的男主杉山，被电车伙伴金子千代诱惑出轨，导致老婆离家出走。

剧本安排了多处巧妙的对比：

悲情的三浦在病床上的一番感慨最令人动容。乡下出来的孩子终于在心仪的大公司谋得职位，无比热爱工作，却一病不起，只能每天躺在家里想象同事们按部就班的每一天。讽刺的是，三浦爱而不得的正是被同事们深恶痛绝的。

昔日战友眼中的杉山,有体面的工作、漂亮的妻子,按部就班走下去,最后或能升任董事,成为人生赢家。而杉山本人的感受则完全不同:孩子早夭,妻子唠叨,薪水过低,赏识自己的公司前辈被外调,现任部长打压异己,顶着千分之一的升迁机会,无异于顶着千斤压力。

还有急流勇退的河合,对比顶着压力一路爬到公司中层的老朋友小野寺。

急流勇退者毕竟微乎其微,绝大多数人还是背负着生活的重压一路前行。所以,大师将更多的笔墨给了年轻的主人公杉山,通过杉山的视角,讲述婚姻生活和职场生活的真实——爱不起来,也恨不起来,只能被生活裹挟着一步步向前。

而在被动前进的过程中,有限的自主选择变得至关重要:选择留在都市还是外调去大山?选择出轨的刺激还是回归家庭的平静?最终杉山貌似做出了正确的抉择——远离喧嚣和欲望的都市,去大山里守着寂寞,守着回归家庭的路。

此时,春天已远,夏天来临。

《茶泡饭之味》,作者的意图是描述夫妻爱情的理想存续状态。故事除了从女性的角度看待男人的优缺点,也试着从男性的立场阐述男人的特点。

出身长野农村的佐竹茂吉与千金小姐妙子相亲结婚,出身差异造就生活习惯的截然不同:一个偏好粗茶淡饭、淳朴自然;一个追求精致生活、浪漫享受。婚后多年,出身问题始终横亘在夫妻之间,成为许多矛盾的激化点。

最后二人误解消融,一起吃了顿朴素美味的茶泡饭。故事至此,过去的冲突早已烟消云散,字里行间弥漫着茶泡饭的滋味——淡淡的,暖暖的,简单且包容,清爽留余香。这不仅是茶泡饭之味,也是作者想表达的夫妻间的况味吧。

世事喧嚣,不如一起吃顿茶泡饭吧。

《浮草》中的男主人公是歌舞伎戏班班主驹十郎,他领着一众戏班成员,行走江湖,过着浮萍般的漂泊生活。两个情人,一个儿子,与爱情有关,与婚姻无缘,所以驹十郎注定了一生漂泊不定。在小津作品中,这篇故事罕见地设置了多处紧张刺激的戏剧性场面,也被称作"小津歌舞伎"。

三

关于自己的作品,小津安二郎有这样一番表述:"比起故事本身,我更想刻画诸如轮回啦、无常啦这样一些深刻的东西。迄今为止这是最辛苦的……电影也是如此,不要推到最后,我想留有余白,让余白发酵成绵长的余味。"(日本《电影旬报》1952年6月上旬号)

翻译过程中,再普通不过的家长里短,看似寻常的对白场景,不知不觉间便入了心,仿佛小桥流水,叮叮咚咚,声声扣着心扉,又像是一杯岁月的醇酿,入口平淡,回味绵长。

是了,这便是大师的深刻和余味。

譬如说吧:

《晚春》中纪子和服部沙丘上的对话——

> 纪子　是啊,我切的咸萝卜,总是连着不断呢。
> 服部　那不过是菜刀和砧板间的对应关系,可是咸萝卜跟吃醋,二者之间,哪有什么有机的关联啊?
> 纪子　那你喜欢吃吗?连着的咸萝卜?
> 服部　偶尔吃吃也还不错吧,连在一起的咸萝卜呢——

到后来,不甘心的服部再次抛出纪子的"连着不断的咸萝卜",而纪子只淡淡回了一句"菜刀钝了"。一句足矣,往事远矣。

《东京物语》中上野公园里老夫妻的对白最简单也最耐人寻味——

> 周吉　哎,这城市可真大呀。
> 富美　是啊。要是不小心在这里走散了,怕是一辈子都见不着面喽。

《麦秋》最后,老夫妻坐在大和乡下的祖屋,眺望着成熟的麦田,看到送亲的队伍从田间走过,便想起了远嫁的女儿——

> 志希　——纪子,也不知道现在怎样了……
> 周吉　唔……一家人就这么散开了……不过啊,我们已经很不错啦……
> 志希　……经历了那么多事情……活了这么长的时间
> 周吉　唔……人的欲望是没有止境的呢……
> 志希　嗯……可是,我们真的幸福过呢……
> 周吉　唔……

一句"幸福过呢",听来真是滋味万千啊。

人生是什么?是父母子女一场却终要离散,是矛盾无处不在,是"未觉池塘春草梦,阶前梧叶已秋声"……

人生还是什么?《秋刀鱼之味》中,晚景凄凉的佐久间老先生说:"人生一世,到头来终究是一个人啊……"

人生还是什么?《小早川家之秋》中,借农夫之口如是说:"不断地死去,不断地出生,生命就是这样循环往复啊……"

人生还是什么?《彼岸花》说,是"今天贺喜明天奔丧"。一句话,褫其华衮示其本相,赤裸裸的人生本就这么残酷。平山刚参加完好友河合千金的结婚典礼，第二天就要参加某某友人的告别仪式。忙忙碌碌间无非是喜迎与哀别。但谁又能停下奔忙的脚步？！

读懂小津的余味，你便读懂了人生。

四

> 纠缠山峦的烟霭散尽
> 春日在晴空下盛放
> 樱花烂漫，撩拨着我的思绪
> 此间，我沉湎于《秋刀鱼之味》
> 残樱零落忧思百结
> 清酒如药苦入愁肠
> ……

这是1962年4月9日，小津安二郎在创作剧本《秋刀鱼之味》期间写下的日记。就在两个月前，小津遭遇了丧母之痛，给予他无限疼爱的老母亲撒手人寰。

人生美好时，如春樱盛大开放。但盛到极致必是衰败，秋冬总归要来。《秋刀鱼之味》完成后的第二年冬天，即1963年12月12日，小津60岁生日当天，他如同一个洞悉生命真相的智者，释然放手，奔赴下一场命运而去。

2019年12月，我着手翻译小津先生的经典作品。12月12日清晨，窗外大雪纷飞，我阅读着小津先生的生平，思绪亦如纷飞的大雪。

茫茫白雪中，北镰仓圆觉寺内，一座"无"字碑兀然而立。碑下，沉睡着被誉为"最日本的导演"小津安二郎。

一个用诸多优秀作品温暖着人世的导演、剧作家，墓碑上的"无"字，亦如他的作品，留给世人无限言说的空间。而他转身离去，渐行渐远，直至跟天地融为一体。

火葬场烟囱冒出的青烟随风飘散。亲友们抱着骨灰去往饭店，途中经过一座桥。桥上停着黑色的乌鸦，河滩上也有几只乌鸦正在觅食，有一只栖落在石佛的头顶。

这是《小早川家之秋》最后一幕。寥寥几笔，便将人们的目光从悲情的家族故事引向高处。

深陷其中，是故事。读懂了，便是人生。

抬头，佛祖无喜无悲。

2021年10月15日

译者丨张丽娟

诗人,日语翻译家。
山东龙口人。
曾旅居日本多年。
译有中原中也诗集《山羊之歌》(2019 年)。

编者说明

小津安二郎为日本著名导演，创造了独特的电影美学，不仅影响了日本乃至世界电影史的发展，也影响了日本现代生活美学以及人们对日常生活的态度。

"小津安二郎经典作品集"共 4 册，收录了小津安二郎 12 部（1949—1962 年）代表作。本册收录了其中三部剧本：《晚春》《麦秋》《茶泡饭之味》。

本作品集以井上和男编定的《小津安二郎全集》为底本。井上和男先生是日本著名导演，曾师从小津安二郎。

考虑到剧本的时代原因和表演属性，本书中标点符号的处理以尊重原文为主，不强作规范。特此敬告读者。

作家榜®经典名著

读经典名著，认准作家榜

作家榜，创立于2006年的知名文化品牌，致力于促进全民阅读，推广全球经典，连续13年发布作家富豪榜系列榜单，引发各大媒体关注华语作家，努力打造"中国文化界奥斯卡"。

旗下图书品牌"作家榜经典名著"系列，精选经典中的经典，凭借好译本、优品质、高颜值的精品经典图书，成为全网常年热销的国民阅读品牌，在新一代读者中享有盛誉。

经典就读作家榜
京东官方旗舰店

经典就读作家榜
当当官方旗舰店

经典就读作家榜
天猫官方旗舰店

经典就读作家榜
拼多多旗舰店

| 策　划 | 作家榜 |
| 出　品 | |

出 品 人	吴怀尧
总 编 辑	周公度
产品经理	廖　珂
美术编辑	董亚茹
全书绘图	古诗铭
产品监制	陈　俊
特约印制	朱　毓

| 版权所有 | 大星文化 |
| 官方电话 | 021-60839180 |

作家榜抖音号
每周直播荐好书

作家榜官方微博
经典好书免费送

百态人生
尽在故事会

图书在版编目（CIP）数据

晚春：小津安二郎经典作品集 /（日）小津安二郎，（日）野田高梧著；张丽娟译. -- 杭州：浙江文艺出版社，2022.6
（作家榜经典名著）
ISBN 978-7-5339-6834-2

Ⅰ. ①晚… Ⅱ. ①小… ②野… ③张… Ⅲ. ①电影剧本—作品集—日本—现代 Ⅳ. ①I313.35

中国版本图书馆CIP数据核字（2022）第060986号

责任编辑：罗艺
文字编辑：汪心怡

读经典名著，认准作家榜

小津安二郎经典作品集

[日] 小津安二郎　[日] 野田高梧　著
张丽娟　译

全案策划

大星（上海）文化传媒有限公司

出版发行

浙江文艺出版社

杭州市体育场路347号　邮编 310006
浙江省新华书店集团有限公司 经销
浙江新华数码印务有限公司 印刷

2022年6月第1版　2022年6月第1次印刷
889毫米×1194毫米　32开本　13印张
印数：1—8000　字数：260千字
书号：ISBN 978-7-5339-6834-2
定价：52.00元

版权所有　侵权必究

（如有印装质量问题影响阅读，请联系021-60839180调换）